転がり落ちた聖女

夏目みや

Miya Natsume

RB

レジーナ文庫

リカルド
紗也の護衛だった侯爵家子息。
その任務はもう終わったけれど、
なにかと彼女を優先し、守ってくれる。
少々無口で、なにを考えているのか
わかりづらいところも。
紗也
歌うことが大好きな、日本人の少女。
異世界で聖女の役目を果たして
日本へ帰るはずだったが、
事故で帰りそびれてしまった。
責任感が強く前向きな
性格をしている。
登場人物
紹介

ギルバート
オリガの護衛となった侯爵家子息。人当たりのいい美青年だが、リカルドが嫌いな様子で……？
エルハンス
優しくて快活だが、どこか腹黒さもある王子様。紗也とはとても仲良し。
ルイーゼ
リカルドの幼なじみであり婚約者を名乗る美女。事あるごとに紗也へ嫌味を言う。
マルコ
教会で暮らす孤児の少年。かつて、聖女だった紗也に手紙を送ってくれていた。
オリガ
紗也の次に聖女となった少女。聖女としての責任感はなく、わがままで周囲を振り回す。

目次

転がり落ちた聖女

プロローグ

「これより帰還の儀式を始める」

静寂に包まれていた空間に響き渡った声に、私は息を呑んだ。

白いローブをまとった魔術師たちが、床に描かれた魔法陣を一斉に取り囲む。

私は小さく息を吐き出すと、ゆっくりと顔を上げた。すると、視界に入ったエルハンスが、少し悲しそうな表情を見せる。

白いローブに身を包み、寂しげに微笑むエルハンス。ローブのフードからこぼれだす金の髪もこれで見納めかと思うものの、なんだか実感が湧かなかった。私を見下ろす薄い青色の瞳は、心なしか潤《うる》んで見える。だけど私はそれに気づかないふりをして、微笑んだ。

「今までありがとう。エルハンス」

「サヤ……」

その先に続くのは、私を引きとめる言葉だろう。

だが、それを遮《さえぎ》り、言葉を続けた。

「お世話になりました」

私は、このローラント国で一年間、聖女を務めていた。

その役目を終え、元の世界である日本へ戻ることを希望したのだ。

この国の王子であるエルハンスに、彼の側近であるギルバート、そして私の護衛役だったリカルドに見守られ、今まさに帰郷するための儀式が行われようとしている。

息を深く吸い込んだあと周囲に目を向けると、エルハンスの後方で、壁に寄りかかっている人物が視界に入る。

そこで目が合った。

だが、彼――リカルドはいつもと変わらぬ冷静な表情で、真っ直ぐに私を見つめるだけ。

最後の時ぐらい、なにか言葉をかけてくれてもいいのに……

脳裏に浮かんだ思いを、慌ててかき消した。彼に期待しても無駄だってわかっている。

リカルドにとって私は、歴代の聖女のうちの一人にすぎないのだから。

そう自分自身に言い聞かせると無理やり笑顔を作り、微笑んだ。

最後ぐらいは笑ってさよならをしたい。

私は、エルハンスの隣に立つ長髪の男性、ギルバートにも声をかけた。

「ギルバートもありがとう」

「サヤがいなくなると、寂しくなる」

社交辞令でもそう言ってもらえると、悪い気はしない。微笑んだあと、軽く頭を下げた。

再び視線を向けた先は、壁に寄りかかったままのリカルドだ。

あまり興味がなさそうな様子は、早くこの儀式が終わればいいとでも思っているように見えた。だけど、このままでは、やはり後味が悪い。

私は自分から彼に歩み寄り、静かに声をかけた。

「リカルドもありがとう」

彼は静かにこちらへ視線を投げた。彼はその髪の色と同じ、黒いローブに身を包んでいる。

漆黒《しっこく》の瞳からは、なんの感情も読み取れない。

「…………」

彼は無言のまま、首を縦に振る。

結局、最後の場面になっても、この人の考えていることはわからなかった。

だが、こうやって静かに儀式を見守っているということは、彼は私に対して特別な感

情を持っていた訳じゃない、ということだ。

少し悲しい気持ちになっていると、声をかけられた。

「聖女様、こちらへ――」

魔術師に先導され、魔法陣の中に一歩足を踏み入れる。

途端に、体が熱く震えた。

足元から感じるのは彼らの気の力なのだろうか、この部屋に集まる魔術師たちが、口々に呪文を唱え始める。

やがて足の先が痺《しび》れ、そこから自分の体が消えてなくなりそうな感覚が生まれた。頭の中に靄《もや》がかかり、意識が途切れる。

ああ、これで元の世界に帰れるのだ――

戻ったら、ここで過ごした日々は懐かしい思い出として心に残るのだろうか。

それとも、全て忘れてしまうのかしら？

いっそ忘れられたら、楽になれるのかもしれない――

最後に視界に入ったのは、リカルドの姿。彼の姿を脳裏に焼き付けたあと、私は目をギュッと閉じ、体が浮かび上がる不思議な感覚に身を任せた。

＊＊＊

地面に勢いよく叩きつけられたような衝撃があって、次に感じたのは全身の痛み。

浮遊感に身を任せていた時とは一転した感覚に、瞬時に意識が覚醒《かくせい》する。目をパッチリと開けると、木漏《こも》れ日《び》が私の視界に入り込む。

ここは――私は無事に日本へ帰れたの？

そう思った瞬間、改めて体に痛みを感じて、顔をしかめながら上半身を起こす。

この場所には見覚えがある。木々に囲まれた森、隣にあるのは大きな湖。

辺りを見回して、思わず息を呑んだ。身から力が抜け、再びその場に倒れ込む。

はるか遠くに見えたのは、ローラント城だった。

そう、それは先ほどまで私がいた場所だ。

なんで!?　帰還の儀式を行ったのだから、ここは日本じゃないの!?

「っ～～～!!」

声にならない叫びと憤《いきどお》りのあと、私は息を大きく吸い込んで、大声で叫んだ。

「儀式、失敗しているじゃない!!」

木々に止まって体を休めていた小鳥たちが、声の大きさに驚いて一斉に飛び去るのさえ、気にならなかった。

第一章　聖女の務め

私は川本紗也《かわもとさや》。

生まれも育ちも日本の、十九歳だ。

一年前のある夏の日、友人たちと川辺で遊んでいた私は、はしゃいで水に足をつけようとしたところ、濡《ぬ》れた石で足を滑《すべ》らせて、頭を打って気を失ってしまった。

そして目覚めた時、広い部屋にある天蓋《てんがい》レースつきのベッドに寝かされていたのだ。目だけを動かして辺りをうかがうと、映画のような調度品に囲まれている。パニックになって身を起こすと同時に、周囲に中世ヨーロッパ時代を思わせる格好をした人が大勢いることに気づき、ギョッとした。

しかも人々は、口々に私をこう呼んだ。

聖女様、と。

は？　なにこれ？　夢でも見ているの？　それになぜ、言葉が通じるのだろう。彼らが話しているのは明らかに日本語じゃないのに。

あっけにとられている私に、周囲の人間が説明してくれた。

このローラント国は、資源に恵まれた平和な国であること、代々聖女が信仰されていること。

聖女とは、城を囲む森の中にある湖、通称『聖なる湖』から現れるらしい。

その湖のほとりに倒れていたのが私だった、という訳だ。

今代で八十六代目、実に五十年ぶりの聖女の出現に、城は歓喜に包まれているという。

いきなりそんなことを言われても訳がわからない。混乱状態になり私は泣き出してしまった。そしてひとしきり泣いて、泣き疲れた頃、この国の宰相《さいしょう》だという初老の男性から、説明が続けられた。

『この国の聖女を務めてほしい』

話によれば、聖女とは国の平和を願い、毎日神に祈りを捧げることが仕事なのだとか。

その役割は一年という期限つき。期限があるからこそ、とてもありがたい存在なのだと聞かされた。

しかも聖女として任務を終えたあと、なんでも願いを叶えてくれるという報酬つきだ。

『祈りなんて捧げたことはないし、方法もわからない』

そう言い張る私に、宰相《さいしょう》は祈りの塔という場所で心を込めて祈るか、もしくは歌うだけでもいいと説明した。それを聞いて、少し心が動く。

実は私は、小さい頃に歌手になりたいと夢見たことがあるぐらい、歌うことが好きだった。

『紗也は歌が上手ね。聞いていると元気になるわ』

昔、そう言って褒《ほ》めてくれた両親の言葉が、今でも胸に浮かぶ。

だけど、ただ歌うことが好きなだけで、自分の歌唱力に特別自信があった訳ではない。なにしろ両親を早くに事故で亡くしてしまったこともあって、歌手になるためにボイストレーニングに通うなど、そんな贅沢《ぜいたく》はできなかったのだ。

それに、両親が死んでからは、毎日が大変でそれどころではなかった。

『いつも笑顔でいれば、幸せがやってくるからね』

それでも母に言われていた言葉を励みにし、あとは持ち前の明るさで前向きに過ごしていた。

もちろん、毎日楽しいばかりではない。どうしても悲しいことがあったり、落ち込んでしまったりする日もある。そんな時こそ、自分自身を励ますかのように、歌を口ずさんでいた。

両親が褒《ほ》めてくれた言葉を胸に、自分でかけるおまじないみたいなもの。

歌っていると心が落ち着いてくるし、なによりも胸に希望が湧いてくる。

だけど今、この状況で歌えと言われても……

おそらくここは元の世界とは違う世界なんだろう。そんなところに喚《よ》び出された挙句、聖女として祈れとか歌えとか言われても困ってしまう。けれど、ここで断れば、明日からの生活はどうなるのか。

さらに聞けば、優秀な魔術師たちが揃っているので、一年後に元の世界へ帰すことも可能だという。

だったら今すぐ帰してほしいと訴えてみたけれど、却下された。やはり一年間はこの国の聖女として務めなければいけないらしい。

私は渋々ながら、現状に従うしかないと判断した。

日本には、私がいなくなって心配する身内がいないことも決め手になった。両親が健在だったらもっとパニックになって、なにがなんでも今すぐ帰ると主張していたに違いない。

不安しか感じない状況ながらも、宣言はしておいた。

『一年後、元の世界に帰りますから』

戸惑いが残る私をよそに、周囲は見る見るうちに準備を進めた。私は言われるがまま動くだけ。

だけどいつからか、それが私に課せられた使命ならやり遂げようと思うようになった。

聖女と崇《あが》められていた私の側にいた人たちは、この国の王子のエルハンスに、その側近だという侯爵家の息子のリカルド、そして同じく侯爵家の息子のギルバート。

特にリカルドは私の護衛役として、常に側にいた。護衛というよりは、右も左もわからない聖女のお世話係と言った方が正しいかもしれない。

聖女となってもうじき一年が経つという頃、周囲にあることを打診された。

それは三人のうちの誰かと婚約して、この国に残らないか？　というものだった。

歴代の聖女たちの中には、王族と婚姻関係を結び、この地で一生を終えた者も多くいたのだとか。そりゃあ、聖女として崇《あが》められ至れり尽くせりの日々を送り、王族と結婚できるとなれば、この地に残りたいと希望する者も少なくなかっただろう。

だけど私が選んだのは『元の世界に帰ること』。

最初に宣言した通り、その気持ちは変わらなかった。

そして、祈りの塔にこもり一人で歌う一年が過ぎ、無事に聖女を務め上げたある日、私は帰還の儀式に臨《のぞ》んだ。

『聖女として任務を終えたら、元の世界に帰る』

ついに、その約束が果たされる時がきたのだ。

願いを叶えてもらうのとは別の報酬として、宝石も受け取った。日本に帰ったら、この宝石を現金に換えて、自分の今後について考えようと思っていた。進学するもよし、貯金するもよしと。

そしてつい先ほど、帰還の儀式が行われた。儀式は成功し、私は日本に帰っているはずだった。

だけどなぜか、私はローラント城の裏山で転がっている。

遠くにそびえる城を、恨めしく思いながら見つめた。

皆に挨拶《あいさつ》をして格好よくまとめたつもりが、まだこの国にいるって、どうなの？

儀式に失敗しているんですけど⁉　ついでに城の裏手の山に転がっているんですけど⁉

私は今後どうすればいいの？

『帰還失敗しました。やり直しをお願いします』

そう言って、城の門を叩けばいいわけ？

……か、格好悪すぎる。

私はしばらく頭を抱え、地面に転がっていた。

そうこうするうちに、なにかがポツポツと頭にあたっているのを感じた。顔を上げると、大粒の雨が降ってきた。

帰還に失敗して途方に暮れている中、雨まで降ってきたなんて、ついてなさすぎるんですけど!!

泣きたい気持ちで、のろのろと立ち上がった。

これからどうしよう……。この天気はまるで、今の私の心を反映しているみたいだ。

考えていると、雨が本格的に降り出してくる。

体を包むローブがあって助かった。ある程度雨に濡《ぬ》れてしまうのは仕方がないとしても、まずは山を下り、街に行ってみよう。

そう考えた私は顔を上げ、街を目指して歩みを進めた。

街へたどり着く頃には、雨はいっそう激しくなっていた。もう、雨にたたかれるのが気にならないぐらい、全身ぐっしょりと濡《ぬ》れている。羽織《はお》っていた厚手のローブが水を吸って重い。とにかく、どこか休める場所に身を落ち着けて、今後のことをじっくり考えよう。

そう思っている中、目に入ったのは一軒の宿屋。

木の板で作られた看板には、小鳥が木の枝に止まり、羽を休めている可愛らしい絵が描かれている。ここで体を休めてくれという意味だろうか。この小鳥のように、私も休みたい。

願いを込め、迷わずその扉を叩く。

「いらっしゃいませ」

扉を開けると、カウンターにいた恰幅《かっぷく》のよい女性が声をかけてきた。宿のおかみさんかもしれない。彼女は私を視界に入れると同時に、目を丸くしてギョッとした表情を浮かべた。

「すみません。部屋をお借りしたいのですが、空《あ》いていますか？」

この格好のまま中に入っては床が濡《ぬ》れてしまう。なるべく宿屋に入らぬよう、入り口付近でたずねる。おかみさんの視線に居心地の悪さを感じていると、彼女はハッと表情を変えた。

「どうしたいんだい、お嬢さん。濡《ぬ》れているじゃないか。早く中に入った、入った」

急《せ》かしてくるおかみさんにお礼を言いながら、足を踏み入れる。

「そんなに濡《ぬ》れて……。早く着替えないと風邪をひいてしまうよ。いったい、どこから来たんだい？」

心配そうにたずねてくるのも無理はない。でも、帰還の儀式に失敗して裏山から歩いて来ただなんて言えない。しばらく無言でいると、おかみさんはなにかを察したようだ。

「もしかして、訳ありかい？」

「はい」

おずおずと聞いてきたので、反射的に返事をしてしまう。

その直後に、しまった、と気づいた。

訳ありなら、宿を提供するのは躊躇《ちゅうちょ》するはずだ。それでなくても、全身濡《ぬ》れている女になんて部屋を貸したくないだろうに。

沈黙がいたたまれなくなり、私は扉へと踵《きびす》を返す。

「すみません、失礼しました」

断られる前に自分からこの場を去ろうと決意した時、おかみさんの声がかかった。

「お待ちよ。一部屋空《あ》いているから、そこに案内するよ」

その言葉に驚いて、バッと振り向く。

「いいのですか？」

おかみさんは優しくうなずいた。

「こんな雨の中を歩いて来た女の子を追い払うなんて、できやしないよ」

おかみさんの温かい言葉に、世界が明るくなった気がする。忘れないうちにと、ローブの下にある手縫いの巾着《きんちゃく》に手を突っ込んだ。この巾着《きんちゃく》には一年間、聖女を務めた報酬が入っている。主に宝石をもらっていたが、この国の硬貨も少しもらっていたのだ。元の世界に戻ったら記念硬貨のごとく、部屋に飾っておく予定だったけれど、本当に助かった。

それを、おかみさんに提示された額よりちょっと多めにカウンターの台に置いた。

「ちょっと!!　これじゃ多すぎるよ」

おかみさんが慌てふためくけれど、私は受け取ってくれと、首を横に振る。

そして図々《ずうずう》しいかもと思いながらも、口を開く。

「あの、着替えがないので、着替えの用意もお願いしたいのですが」

すると、おかみさんは快《こころよ》く引き受けてくれた。

「嫁に行った娘の服がしまってあるから、それを持っていってあげるよ。その分のお金はいいから、まずはその服を脱いで。でないと風邪をひいてしまうよ。ああ、温かい湯を張ったタライも持っていくから、先に部屋に行ってておくれ」

面倒見のいいおかみさんは私に部屋の場所を指示して鍵を渡すと、着替えを用意するために、裏に引っ込んだ。

私は目的の部屋を目指す。部屋は二階だそうだ。

きしむ階段を上《のぼ》り、たどり着いた部屋の鍵を開けて中に入る。

部屋には、簡素な木のベッドに古びたドレッサー、それに小さな椅子と丸いテーブルが置いてあり、全体的に質素な造りだった。

当然ながら、一年間暮らしていた城と比べたら狭くて素朴《そぼく》に見える。だが手狭なぐらいが、今の私にはちょうどよい。

しばらくすると、おかみさんがお湯を張ったタライと着替えを持ってきてくれた。

それを受け取り、ようやっと服を脱いだ。全身が冷えていたので、お湯で濡《ぬ》らした布で体を拭《ふ》くだけで温まる気がする。もちろん、体だけじゃない。おかみさんの気遣いも嬉しくて、心も温まるようだ。

おかみさんの用意してくれた服は、簡素なワンピースで、サイズもちょうどよかった。

着替えたあと、ホッとしてベッドに腰かける。髪は濡《ぬ》れているけれど、それは仕方ない。

これからどうしようかしら――

不安になりながらベッドに身を倒す。

雨の中を歩き回ったせいで思っていた以上に体力を消耗したらしく、疲れを感じる。

側にあった毛布を引き寄せてくるまり、その温かさと心地よさに目を閉じると、いつの間にか眠ってしまった。

＊＊＊

私は、人がやっと一人通れるぐらいに細く、急な階段を上《のぼ》っている。

ああ、これは毎日上《のぼ》っていた祈りの塔の階段だ。

長く薄暗い階段を、ところどころに置かれたロウソクの明かりだけが照らしていた。

最初の頃は階段を上《のぼ》ることがきつくて、息切れしていたっけ。

そうして最上階につくと立派な扉が見えた。その扉を開けると中は部屋になっていて、祭壇《さいだん》と女神の像が置かれている。それに大きな窓。その窓から心地よい風が入ってくるのを、長い階段のせいで軽く汗ばんでいた私は気持ちよく感じたものだ。窓に近づくと、城の外を一望できる造りになっていた。

塔の裏手には山があって、自然に囲まれている。そうかと思えば、遠くの城下には街が広がっていて、人々が街を行きかう姿をずっと眺めていた時もあった。

聖女を務めていた私は、自由に動ける範囲が限られていた。基本は生活の場である城と、祈りの塔の往復のみ。与えられる物や食事に不満はなかったけれど、城の敷地内から出たことがないのが寂しい。かといって、街に行きたいなどと到底言い出せる雰囲気ではなかった。

だって、私は聖女だから。

正直、この国の人々になんの思い入れもなかった最初の頃は、祈りを捧げることをさぼった日もあった。

そんな私に変化が訪れたのは、いつの頃だったのか――

思い起こせば、聖女宛《あて》に手紙が届けられるようになってからだ。

この国の人々は、五十年ぶりに現れたという聖女の出現に歓喜しているという。彼らからの手紙には様々なことが書かれていた。

『聖女様のおかげで子牛が三頭も産まれました。順調に育っています。ありがとうございます』

『昨年まで不作だった麦も、今年は豊作です。まるで聖女様の出現を太陽も祝福しているかのようです。感謝しています』

いきなり現れた私が聖女として敬《うやま》われ、あまつさえ日々の恵みも私のおかげだなんて、と最初は気後《きおく》れした。私は異世界人というだけであって、特別な力などない。

だが、人々が私という存在を崇拝《すうはい》してくれるのなら、その役目を果たすのが自分の役割なのだという使命感に燃えてきた。

こうなれば一年間、聖女を立派に務めてみせようと、心に誓ったのだ。

そう決めてからは、たとえ誰も聞いてはいなくとも、私を信頼してくれる人々の慰《なぐさ》めになるようにと、祈りの歌を毎日欠かさず祭壇《さいだん》に捧げた。

その歌声を、たまたま聞いたエルハンスが褒《ほ》めてくれたっけ。彼は金髪碧眼の王子様だけど、意外にも気さくな性格で、私にも優しくしてくれた。

そして、いつも側にいてくれたリカルド。

彼は私の護衛役であり、この世界で生きる術《すべ》や常識を教えてくれた人だ。

『わからないことがあったら、一人で悩まずに俺に聞け』

クールな態度で口数も少なかったけれど、私にかける言葉は常に優しい。

そんなリカルドだからこそ、信頼するようになるのに、そう時間はかからなかった。

彼らは、私が元の世界に帰ったと信じて疑っていないはずだ。

うるさい奴がいなくなったと、ホッとしているかしら？　それとも少しは寂しいと思ってくれている？

ふと頭に浮かんだのは、リカルドへの淡い想いが砕かれた日のこと。

ある時、城で行われる舞踏会に、私もちょっとだけ出席したことがあった。

けれど、聖女はあまり表舞台に出ることなく、挨拶《あいさつ》を終えると裏に引っ込む。いろいろとボロが出ると困るからだと思う。

その日の私も、舞踏会の開催の挨拶《あいさつ》をする王の側で、ただ微笑んでいただけ。あとはすぐに部屋に戻るつもりだった。

だが、綺麗に着飾った女性が素敵な男性にエスコートされている華やかな世界を、もう少し見ていたくなった。

王の挨拶《あいさつ》が終わり、リカルドが私を迎えに来る前に、そっと席を立つ。

そして王座から離れ、カーテンの陰となっている場所から広間の様子をうかがった。

目の前に広がるきらびやかな世界の中、ひときわ目立つ男性がいる。

光輝く金の髪に、空の青さを思わせる瞳を持つ男性は、王子のエルハンスだ。彼はにこやかに微笑みながら、周囲の人間と談笑している。

その隣にいる長髪のギルバートを視界に入れた途端、私は思わずカーテンの陰にさらに身を隠してしまった。ギルバートは紳士的な態度で、いつも柔和な微笑みを浮かべているのだけど、瞳の奥に暗い闇が潜《ひそ》んでいる気がして苦手だったのだ。自分でもどうしてそう感じるのか不思議だったが、苦手なものは苦手なので、なるべく二人きりになるのを避《さ》けている。

エルハンスの後方に視線を投げると、リカルドの姿があった。

長身を深い青のマントと正装に包む彼は、たくさんの人の中にいても目を引いた。いつもと違うのは、漆黒《しっこく》の髪を後ろに撫でつけて、端整な顔立ちをよりいっそう引き立てていること。彼の存在感と威圧感に、見ているだけで圧倒されそうだ。

彼の隣に、女性が寄り添っていることに気づき、目が釘付けになる。

長い金の髪をまとめ上げた彼女は美しい顔立ちをしていて、色気のあるドレスを身にまとい、仕草も大人っぽい。

そしてなにより気になったのが、リカルドの腕にそっと手を絡ませて歩いていること。

彼女は誰なのだろう……

まるで恋人同士みたいだと思った時、息ができないほど苦しくなった。

視線をソッと逸らし、手をギュッと握りしめた。見たくないシーンを目にしたせいか、動悸《どうき》がする。

下を向いていると、近くにいた女性二人の会話が耳に入ってきた。

「ごらんになって。リカルド様とルイーゼ様のお二人が並ぶと、本当にお似合い。美男美女の組み合わせですわね」

「お二人が婚約なさったという噂《うわさ》は本当なのかしら？」

婚約という言葉で、さらに胸の奥が苦しくなる。一瞬、目の前が暗くなったような気がして、カーテンを強く掴んだ。女性たちはそんな私に構わず会話を続ける。

「カルタス家とハイドナル家の組み合わせは、またとない良縁でしょうよ。それこそ、お二人は幼なじみでもいらっしゃるのだし。悔しいけれど、家柄、教養、どれをとってもルイーゼ様には敵《かな》わないわ」

女性たちの諦めを含んだため息を聞き、私自身も身の程を知る。

リカルドは高い身分に加えて、人目を引く容姿を持つ。女性たちから人気があって当然だ。それに、婚約者がいてもおかしくはない。

私、バカみたい……

優しくされて浮かれ、淡い恋心を抱くようになっていたけれど、彼が私に優しいのは、護衛役だからだ。それを勘違いしてはいけなかった。

リカルドの優しさに、いつしか自惚《うぬぼ》れていたのだろう。だから彼に婚約者がいると知り、こんなにもショックを受けている――

思い上がっていた自分を恥じると共に、この想いは封印しなければいけないと理解した。私はどうせ聖女としての務めが終われば日本へ帰るのだから、この想いはいらない。彼を好きになっても無駄なのだと、自分自身に言い聞かせる。

しかし、これ以上リカルドと彼女の姿を視界に入れたくない。

部屋に戻るため、分厚いカーテンの間から抜け出て、静かに廊下へと出る。

いつもならリカルドが私を部屋まで連れて行くのだが、今は会いたくない。

すると、廊下に出たところで背後から声がかかる。

「サヤ」

聞き覚えがある声に、背筋に緊張が走る。だが、悟られないように笑顔を作り、振り返って返答した。

「ギルバート、どうしたの？」

「もう部屋に戻るのかい？」

「ええ」

話しながら徐々に距離を詰めてくるギルバートに、自然と身構えてしまう。

「一人で？」

「ええ、そうよ」

すると、ギルバートは大袈裟なほどのため息をついた。

「まったく、護衛役がいながら、聖女を一人にするなど……。あいつは自分の立場をわかっていない」

ギルバートの言葉の端々《はしばし》から、リカルドのことを好いていないのだと伝わってくる。

「だいたい、なぜあいつが護衛なんだ。私の方がよほど相応《ふさわ》しいというのに……」

どうやらギルバートは、リカルドに対してライバル心を抱いているらしい。言葉を濁《にご》したあと唇を噛みしめた彼は、悔しそうに顔をゆがめ、続けた。

「では、部屋まで送り届けよう」

「私なら大丈夫よ、一人で戻れるわ」

それに、一人になりたい気分だったのだ。早々に部屋に戻ろうと思った時、廊下の向こう側から歩いてきた女性が目に入る。長い髪を高くまとめ上げ、小さな顔に大きな目。ぴったりとしたドレスを身につけている彼女は、リカルドの隣にいた女性だった。

「あら、ギルバート様。ごきげんよう。こんなところでどうなさったの?」

「少し彼女と会話をしていたのですよ、ルイーゼ様」

「そう……先ほど、エルハンス様が探していらしてよ」

ルイーゼと呼ばれた女性は、ゆっくりと視線を私へ投げる。そして、一瞬だけ目を見開いたあと、若干険しい顔つきになった。

間近で見た彼女は背も高く、リカルドと並んでも遜色《そんしょく》のない美女だと改めて思えた。ルイーゼは私へ挨拶《あいさつ》をする。

「ごきげんよう、聖女様。ルイーゼ・ハイドナルですわ」

「初めまして、サヤです」

彼女は魅力的な顔に笑みを浮かべてはいるが、それを向けられた私はなぜか緊張して体がこわばった。このまま部屋へ戻ろうと、軽く会釈《えしゃく》をして立ち去ろうとするも、ギルバートに呼び止められる。

「サヤ、私はエルハンス様のところへ行ってくるが、その後に送ろう。待っていてくれ」

部屋になら一人で帰れる、と断りたかったけれど、その前にギルバートが立ち去ってしまい、ルイーゼと二人になる。

「ねえ、聖女様」

急に声をかけられ視線を向けると、ルイーゼが微笑みながら首を傾げ、私をジッと見つめていた。話があるのかと思いつつ向き合った私に、ルイーゼは言葉を続ける。

「リカルドは優しいでしょう？　でもね、勘違いしないでほしいの。それは彼に与えられた仕事だからよ」

私が感じていたことを、そのまま言葉で投げつけられた。まるで自分の気持ちを見透かされたような気分になり、衝撃を受けていると、なおもルイーゼはたたみかける。

「あなたも、あまり彼に迷惑をかけることはしないでね。ただでさえ、彼は世間知らずなあなたの相手に疲れているみたいだから」

それはリカルドが言ったの？　そう聞き返したくなり、口を半分開けた。

だが、リカルドが婚約者には本音を吐露《とろ》しているのかもしれないと思ったら、聞くのが怖くなったと同時に、泣きたくなった。結局、なにも言えずに口を閉じる。

リカルドの優しさに触れ、思い上がっていた私。それを改めて思い知らされ、みじめな気分だった。

「先に部屋に戻りますと、伝えておいてください」

「そう？　わかったわ」

あっさりと返事をしたルイーゼは、勝ち誇った顔で、私に向けて手のひらをヒラヒラと振った。まるでこの場から追い払うような仕草に腹が立つけれど、これ以上相手にすると、きっと私はますます傷つくことになる。そんな気がしたので、軽く会釈《えしゃく》をしてその場を立ち去った。

その後は、私がリカルドに対して壁を作ってしまい、多少ギクシャクした関係だったけれど、彼は気にした風でもなかった。

鋭く眩《まぶ》しい眼差《まなざ》しに端整な顔つき、黒髪に漆黒《しっこく》の瞳を持つリカルドは、いつでも冷静な態度を崩さずに、私の側にいた。

彼は私がいなくなったことを、どう考えているのだろう――

＊＊＊

目元に当たる光を眩《まぶ》しく感じ、意識が覚醒《かくせい》する。どうやら夢を見ていたようだ。疲労感から眠ってしまったらしい。そっと身を起こした私は、窓辺へと近づく。少し眠っている間に雨はすっかりやみ、太陽の光が差し込んでいた。

先ほどまで大降りの雨だったことが、信じられない。

ついていない時は、とことんついていないのが私だ。

帰還の儀式といい、先ほどのどしゃ降りといい、間が悪いったらない。思わず苦笑してしまう。

窓に手をかけて持ち上げると、心地よい風が部屋に入ってきた。雨が降ったあとなので、多少は冷たく感じるが、澄んだ空気だ。

そこで大きく深呼吸をし、窓から見える街の光景をしばらく眺めた。

ここは、祈りの塔から眺めていた街だ。あんなに行ってみたいと望んでいた場所に一人でいるなんて、人生どうなるかわからないものだ。

もっとも、本当なら今頃は日本へ帰っているはずだったのだけど。

それが、まだこの国にいる。

私はどうするべきかと頭を悩ませながら、ぼんやりと外を見つめ続けた。

外で子供がはしゃぐ声が耳に入ってくる。どうやら雨が上がったことを喜び、外を走り回っているようだ。その無邪気な様子に心が和《なご》み、微笑む。

子供は自由でいいなぁ。

そう思った瞬間、はたと気づいた。

そうだ、私だってもう聖女としての務めは終わった。祈りの塔で歌を捧げる必要もないし、街に行ってはダメだとか、行動を制限されることもない。

誰に見張られることもなく、この街で自由に過ごしてもいいのだ。

自分が自由だとわかって、目の前が明るく開《ひら》けた気がした。

それに、元の世界に帰る手段を探すなら、立ち止まってはいられない。

リカルドに会うことを考えると気が重いから、城に戻るのは最後の手段としたいので、自分で道を切り開くしかない。そうなると城の魔術師たちは頼れないことになるから、なおさらだ。

前向きな考えが浮かぶと、少しは気持ちが浮上してきた。

それから階下にいる、おかみさんと話した。

「ありがとうございます。本当に助かりました。この洋服もぴったりです」

感謝の言葉を告げると、おかみさんは照れ隠しのように豪快に笑った。

「構いやしないよ！　それよりあんた、今後は何泊する予定だい？」

聞かれて言葉に詰まるが、おかみさんだって部屋の空《あ》き状況を把握しておかなければいけないだろう。私は顔を上げ、考えを告げる。

「そうですね、まずは十日ほどでしょうか。代金は先にお支払いいたします」

すると、おかみさんはきまり悪そうに口を動かした。

「代金のことは別にいいんだけどさ、少しだけ気になってしまって。私にも、あんたと同じ年頃の娘がいるからね。あまりズケズケ聞くのも、客のことに首を突っ込むみたいで悪いと思うのだけど……」

おかみさんは言いにくそうにしながらも、内心すごく心配しているということが伝わってくる。だからこそ、私は答えられる範囲で答えた。

「この街にしばらく滞在したあと、生まれ故郷に帰るつもりです」

その故郷は決して近くないけれど、そう言ったことで、どうやらおかみさんも安心したようだ。

おかみさんと軽く世間話をしたあと、私は太陽の光差す街へと出かけた。

街の大通りを歩くと、まだ人はまばらだった。あれほどの雨だったから、仕方ない。きっともう少ししたら混みだすだろう。

祈りの塔から眺めていた街を、こうやって自由に歩いているだなんて、なんだか不思議な気分だ。

やがて私は、大きな時計台の下までたどり着いた。

古いけれどしっかりした造りの時計台はてっぺんに大きな鐘がついていて、街の人々に時刻を知らせる役割を担《にな》っている。

祈りの塔から見た時は、さほど大きくも見えなかったけれど、こうして近くで見ると迫力があった。

不意に、初めて祈りの塔へ上がった時のことを思い出す。大きな窓の側で街を一望していた私は、この時計台が目について、側にいたリカルドにたずねた。

『あの街の中心にある建物はなに？』

『あれは街の時計台だ』

教えてくれたリカルドに、そう、とだけ答えたっけ。

リカルドは私の隣に立つと、窓から見える景色を説明してくれた。

『ここから見えるのがマラドーナの街だ』

そして、商店街の通りや教会の場所などを指さして教えてくれる彼の低い声を聞きながら、私は窓からの景色を眺めていた。

リカルドは王族と繋《つな》がりのあるカルタス家の息子であり、聖女として現れた私の護衛兼、教育係。

『聖女の護衛』というのは名誉ある役割らしかったが、私からしたら、面倒な役を押し付けたようで申し訳なく感じることもあった。

右も左もわからない私を側で支えるのには、相当骨を折ったと思う。それこそ、外れくじを引いたみたいなものだったんじゃないかしら。

『聖女なんてやりたくない』

最初のうちはそう叫んだことも、一度や二度ではない。感情をぶつけてしまい、困らせたこともあった。だが彼はいつだって冷静に、私が落ち着くのを側で見守っていた。

リカルドは今頃、どうしているのかしら——

でも次の瞬間、その考えを振り払った。

彼は、もう私はこの世界にいないと思っているはず。だから彼と会うこともないだろう。それに自分で帰ると決めたのだ。寂しいなんて感じてはいけない。

そう自分自身に言い聞かせ、顔を上げる。

街に人が増えてきたので、そのましばらく歩いてみることにした。

店先には見たことがない食料が売っていて、足を止めてジッと見てしまう。すると、店主が声をかけてきた。

「いらっしゃい。今夜のご飯にどうだい？」

だが、私は困ったことに、並んでいる食材をどう調理すればいいのか知らない。聖女としての生活では、食事はいつも調理された状態で出てきたため、生の食材を目にしたことがなかった。本当に世間知らずだ。

自分の無知を実感し、苦笑するしかない。その時、甘い香りが鼻先に漂《ただよ》い、顔を上げる。少し先の店にいろいろな種類の花が並べられているのが目に入った。

花を見ていると、またリカルドのことを思い出す。

聖女時代は毎日、晴れていれば太陽の光が差す回廊を横切り、祈りの塔へ向かっていた。塔の周辺一帯には、多種多様の花が咲き乱れているのだ。

ある日、私は大輪の花たちが風にそよぎ、甘い香りを漂《ただよ》わせる様子に見とれて足を止めた。

「綺麗な花」

ポツリとつぶやいた私をゆっくりと見て、リカルドが口を開く。

「気に入ったのを数本選んで、部屋に飾るといい」

「でも……」

可憐な花が大地に根を張り、自然の中で咲き誇る姿はとても堂々として見えた。それを手折《たお》ってしまうのは気が引けたので、小さく首を横に振る。

「やっぱり、いいわ。塔に通っているから、いつでも見ることができるし」

そうは言ったものの、やはり部屋に飾って楽しみたい気持ちも捨てきれない。どこか名残惜《なごりお》しく感じつつも、足を進める。リカルドはなにも言わずに、私に付き添っていた。

その翌日、部屋で休んでいると扉がノックされた。返事のあとに入室してきた侍女は、大輪の花束を手にしている。

驚いて目を丸くしている私に向かって、侍女が笑顔で花束を差し出しながら言う。

「リカルド様からのお届け物です」

リカルドが私に……？

それを聞いて、自然に頬が綻《ほころ》んだ。

「ありがとう」

お礼を口にすると、侍女は頭を下げて退室した。

綺麗に包装されているから、きっとどこかで購入したのだろう。昨日、私が花に見とれていたことに気づいて、贈ってくれたのだ。

でも、毎日会っているのだし、自分で渡せばいいのに。

そう考えてクスリと笑う。

花束に顔を近づけると、甘い香りが漂《ただよ》い、胸の奥から温かい気持ちが込み上げる。

その後、リカルドに会ってお礼を伝えたら、『ああ』と素っ気ない一言だけ返ってきたっけ――


「いらっしゃいませ、花はどうですか」

店先で声をかけられ、ハッと我に返る。

こんなところで思い出に浸《ひた》っていてはいけないと慌てて首を振ってしばらく、あてもなく街を歩いた。

あれだけ行きたいと思っていた街だけど、心の底から楽しめないのは、不安のせいだ。

先のことはなにも決まっていない。それに、元の世界に帰る手段を見つけることができるのだろうか?

現実に目を向けると、どうしても動揺してしまう。

こんな時は少し休むことにしようと、商店街の脇に設置されていたベンチへと腰を下ろした。

これからどうするか……とりあえず、必要最低限揃えるべき物を揃えたい。

まずは着替えだ。宿屋のおかみさんがご厚意で貸してくれたけれど、自分でも揃えなくちゃいけない。あとは小腹がすいてきたから、なにか食べ物を購入しようか。

そう考えていると、隣のベンチにおばさんの二人組が腰かけてきた。買い物を終えたあとなのか、バスケットの中にはたくさんの食材が入っている。

二人とも話に夢中になっているらしく、とても大きな声だ。聞くつもりはなくとも、自然と耳に入ってしまう。

「それでね、困っているそうよ」

「そりゃ、いきなりいなくなっちゃあ、誰でも困るわよね。で、その子が突然消えた理由はなんなの?」

「それがね、悪い男に引っかかったとかでさぁ。親が反対したら二人で逃げたって」

どうやらこの街のゴシップネタみたいだ。おばさんたちは興奮気味に話を続けている。

「やっぱり歌い手がいないと、人が集まらなくなるわよね。そうなると寄付金も減ってしまうからさ」

「今でもカツカツでやっているって聞くし、その上、歌い手がいなくなって、アルマン神父も頭を抱えているって話だよ」

そこで、ピクリと耳が動いた。

アルマン神父という名前は聞いたことがあったからだ。

聖女を務めている時、私は手紙をよく受け取っていた。その中に、子供からの手紙が交じっていたのだ。差出人はマルコという、教会に住む十二歳の少年だった。

『聖女様、初めまして。僕はマルコといいます。今年で十二歳です。教会に住んでいます』

そこからは、聖女が現れたことをすごく嬉しく思っているといった内容が書かれていた。

『僕は教会で、歌い手のお姉さんや仲間と一緒に讃美歌《さんびか》を歌っています。聖女様の歌声もいつかは聞いてみたいと思っています』

こんな風に、わら半紙に丁寧な字で書かれていた手紙は、定期的に届けられた。それをいつも微笑ましい気持ちで読んでいたものだ。

マルコの手紙に記されていたのは彼の近況や、孤児院も兼ねている教会が人々の寄付で成り立っていることなど。将来は、そこにいるアルマン神父のようになりたいとも書かれていたっけ。

一度だけ、返事をしたいとリカルドに申し出てみたけれど、渋い顔をされた。聖女が一人にだけ返事を書くことは許されないそうだ。仕方がないので、それ以来、返事をするのは諦めた。

だがそれからも、私はマルコからの手紙を心待ちにしていた。

マルコは今、どうしているだろう。

おばさんたちの話では、教会の歌い手の女性がいなくなってしまったらしいけれど、なにか私でもできることがないかしら？　今こそ、ずっと手紙をくれていたマルコにお礼をする時じゃない？

そう思い、私は立ち上がった。

確か、教会は時計台から北の方向にあったはず――

祈りの塔で見た記憶を頼りに、足が自然と動き出していた。

教会は、思っていたよりも早く見つかった。

街から少し外れた場所まで来ると、教会らしき建物が見えてきたのだ。それを目印に歩みを進めた。

焦る気持ちと比例して徐々に早足になり、息が上がってくる。そして教会の門の前まで来た時には、額《ひたい》にじんわりと汗をかいていた。

初めて近くまで来た教会は、建物こそ大きいものの、古くてどこかさびれた雰囲気を醸《かも》し出している。

ちょっと躊躇《ちゅうちょ》したが、勇気を出して扉を押した。年季が入っているせいか、ギギギと音をさせながら、扉がゆっくりと開く。

中も古い造りだったが、綺麗な場所だと感じた。きっと丁寧に掃除されているのだろう。木の長椅子がいくつか並び、窓からは明るい太陽の光が差し込んでいる。

祭壇《さいだん》は豪華とは言えないけれど、毎日磨かれているようで、埃《ほこり》一つ落ちていない。その中央には女性の像が置かれていて、たくさんの花で埋め尽くされていた。

高い天井にはステンドグラスが嵌《は》め込まれている。美しい女性とその周りを飛び交う鳥が、花に囲まれている模様だ。そこから差し込む光が反射して、床に綺麗な模様が映し出されていた。

唐突に、マルコからの手紙を思い出す。

『教会の天井にあるステンドグラスがとてもキラキラしているのですが、天井が高すぎて手が届きません。ここはどうやったら掃除できるか、いつも仲間と話しています。僕が大きくなったら、掃除できるのでしょうか？』

そんな疑問を投げかけられていたが、あの高さまで手を届かせるのは、いくらマルコが大人になっても無理だろう。そう思うとクスリと笑えた。

そこで自分が久々に笑ったことに、はたと気づく。

帰還の儀式が行われる数日前より、緊張して心から笑えていなかったのだ。そして、いざ儀式が行われたら、失敗して裏山に転がっていて……挙句、雨に降られて全身びしょ濡《ぬ》れになり、街に出ても不安だけが募《つの》るばかりだった。

なんだ、私、こんな状況でも笑えるんじゃない。

笑えるなら、まだ大丈夫な気がしてきた。

それに、温かみのあるこの礼拝堂を、こんな小さな子供たちが維持しているのだから、私も頑張らなくちゃ。

そんな風に前向きな気持ちになったおかげか、気がつけば口ずさんでいた。

大地に緑が生《お》い茂《しげ》り　新緑が光る
我らが大地の収穫は　女神の恩恵を受け　成り立つ

命あるもの　また命を紡《つむ》ぐ

これは、この国の住民なら誰もが知っている讃美歌《さんびか》のワンフレーズ。初めて聞いた時は、その美しい音程に心が惹かれた。祈りの塔でもよく歌っていたので、いまだにふとした時に口にしてしまう。

静かな教会の礼拝堂に私の歌声だけが響くのは心地よい。

そうして歌い終えた時には、晴れ晴れとした気分になっていた。

すると、いきなり拍手が聞こえた。

驚いてそちらへ顔を向けると、扉のすぐ横の長椅子に老人が座っている。前しか見ていなかったので、気づかなかったらしい。

老人は椅子から立ち上がり、私に近づきながら口を開く。

「あんた、とてもいい歌声をしているな。驚いた」

「ありがとうございます」

「お願いじゃ、もう一度歌ってくれないか？」

身綺麗な格好をした老人は、杖をつき、熱意のこもる瞳で懇願《こんがん》してきた。

「同じ歌でいいから、頼む」

最初こそ戸惑ったものの、私は結局もう一度同じ曲を歌う。

その間、老人は目を閉じて聞き入っていた。

歌い終わると、老人は目を開けて温かい拍手をしてくれる。恥ずかしいが、とても嬉しかった。

「心に染み入るようだった。亡くなった連れ合いも歌がうまくてな。昔を思い出したよ」

そう言った老人の目には、うっすらと涙が浮かんでいる。

「わしはこの街に住んでいて、時間があればこの教会に来ているんだ。なあ、あんた、教会の歌い手になる気はないかね？」

「いえ、そんな……」

突然の申し出に面食らっていると、老人が説明を始めた。

「教会の歌い手がいなくなってしまっての、ここを訪れる人々が減ってきたんじゃ。ここは孤児院も兼ねているから、運営するには寄付金が必要でな」

先ほど、街でおばさんが話していたのと同じ話だ。

とはいえ、いきなりそう言われても、教会側の都合だってあるだろうし勝手には決められない。私が困惑していたところ、老人は祭壇《さいだん》に向かって声をかける。

「アルマン神父も問題はないじゃろ？」

いきなり声を張り上げた老人に驚いて、彼の見ている方へ振り返れば、祭壇《さいだん》の裏側から急に人影が現れた。

その神父服に身を包んだ男性は白髪《しらが》で、五十歳ぐらいに見える。

男性――アルマン神父は苦笑したあと、私を見た。その視線に全てを見透かされているような気持ちになり、一瞬たじろぐ。

「私はここで神父をしているアルマンです。祭壇《さいだん》の裏を掃除していたら、とても美しい歌声が聞こえてきたので聞き惚れてしまいました。急に姿を現して驚かせるのも悪いので、そのまま隠れて聞き入っていたのですが、素晴らしい歌声ですね。非常に懐かしい気持ちになります」

褒《ほ》められて照れていると、アルマン神父はジッと私を見て、続けて口を開いた。

「だが歌に、多少の迷いが感じられました」

鋭い言葉に、今の状況を言い当てられた気がして、驚いてしまう。

「実は私、自分の今後に迷っています。役目を終えたばかりで行くあてもなく、なにをすべきか見いだせないのです」

アルマン神父はおや、とばかりに片眉を上げ、ゆったりとたずねてくる。

「役目？　あなたはその年齢で役目を終えたというのですか？」

「はい」

聖女としての役目は終わってしまった。

だからこそ、迷いを持ちながらもここにいるのだと告げたかったが、口をつぐんだ。

すると、突然アルマン神父が笑い出した。隣にいる老人も微笑んでいる。

予想外の反応に、アルマン神父と老人の顔を交互に見比べてしまう。やがてアルマン神父は口を開いた。

「失礼ですが、年齢をお聞きしてもよろしいですか？」

「はい、十九歳になります」

そう答えるとアルマン神父は再び微笑んだ。

「まだまだお若い。仮に人生が八十年で終わるとしても、あなたはその四分の一も学んでいない。それを自分自身で『役目は終わった』と決めつけるのは、いかがなものかと感じます。あなたが今まで背負っていたのが重大な役割だったとしても、人は生きている間、日々役割を持って神に生かされているのです。今は一つの役割が終わり、次なる山に差しかかっているのでしょう」

アルマン神父の言葉が胸にズシリとのしかかった。

私の役割は終わった訳じゃない。人生はこれから——

そうだ、まだ十九歳。やりたいことだってたくさんある。

聖女としての役目を終えたからといって、私自身の人生まで終わった訳じゃない。

そう考えると、先ほどまで悩んでいたのが嘘のように晴れ晴れとしてくる。隣にいた老人も笑いながら声をかけてきた。

「わしは、生きているうちは、自分の役割は終わることがないと思っている。八十歳になる老いぼれがそう言うのだから、お嬢さんはまだまだいろいろな可能性を秘めているんじゃないか。それをそんな思いつめた顔をして。深く考えても、なるようにしかならんものじゃて」

自分の憂鬱《ゆううつ》を笑い飛ばされ、気持ちがより軽くなった。

心にいい風が吹き込んだ気がする。私はそこで決意し、顔を上げた。

そうだ、私には歌がある。聖女となる前から、ただ歌うことが好きだった。

この歌が誰かの喜びになるというのなら、喜んで捧げよう。それに、教会で歌うことは手紙をくれたマルコへのお礼にもなるかもしれない。

たとえ聖女という肩書がなくなったとしても――

アルマン神父は私の様子を見て、優しく微笑みつつ説明してくれた。

「ここには毎日、街の人々がやってきます。その時に鎮魂歌《ちんこんか》だったり、神に祈りを捧げる歌だったりを歌っているのですが、どうでしょう、あなたの都合がつくようならば歌いに来ていただけませんか？」

「はい、私でよければ」

「お嬢さんがここに来てくれるのなら、わしも通う楽しみが増えたわい。老体に毎日の教会通いは難儀だと思い始めていたが、あの歌声を聞くため、張り切って通い続けるとしよう」

老人の笑い声が礼拝堂に響き、アルマン神父も静かに笑いながら口を開いた。

「行くあてがないのでしたら、一から自分の居場所を作り上げるのも新たな課題なのかもしれません」

自分の居場所を自分で作り出す……

かけられた言葉を胸に刻んで、唇をギュッと噛みしめる。

その時、軽《かろ》やかな足音が近づいてくると同時に、祭壇《さいだん》の横にあった扉が開かれた。

「アルマン神父!!　教会の裏の草取りが終わりました!!」

そこから顔を出したのは男の子。丸顔で目がクリッとしていて、茶色のくせ毛がはねている。可愛い顔立ちの子だ。

彼は私を見ると、あっ、と気まずい顔をしたのち、無言で頭をぺこりと下げた。

「ご苦労さまでした、マルコ」

アルマン神父が呼んだ名前を聞き、私は顔をバッと男の子へ向ける。

彼が、あの手紙をくれていたマルコなのだ。

彼に会えて、嬉しくなった。だが彼が手紙を出していたのは聖女だった私にであって、今ここにいる私ではない。手紙のことを口にしては、変に思われるだろう。

そう考えて、黙っていることにした。

「彼はマルコです。ここにいる自分より小さい子供たちの面倒をよく見てくれるので、大変助かっています」

アルマン神父に褒《ほ》められたマルコは、嬉しそうに頬を赤く染めた。

そして、アルマン神父の視線は私へと注がれる。

「まだお名前をお聞きしていませんでした」

そう言われたので、背筋を伸ばして答えた。

「サヤです。よろしくお願いします」

アルマン神父は私に微笑んだあと、マルコに声をかける。

「マルコ、今後はサヤさんが歌い手として教会に来てくださるそうです」

そう告げられ、マルコは目を見開き、表情をパッと明るくした。

「本当ですか？」

喜びにはしゃいでいるマルコに、アルマン神父は私に教会を案内するように頼む。

緊張しながらマルコに近づくと、彼は笑顔を向けてくれた。

「では僕が案内します。ついてきてください」

彼に導かれるまま、教会内を回る。

お世辞にも新しいとは言えないけれど、隅々まで掃除がいきわたっていて、気持ちのいい空間だ。廊下を歩いていると外から子供の笑い声が聞こえてきたので、視線を向ける。見れば子供たちが集まって外で遊んでいた。

「ここには十三人の子供が集まって生活しているんです。皆、身寄りのない子供たちで、教会への寄付で生活しています。それが最近、讃美歌《さんびか》を歌ってくれていたお姉さんがいなくなってしまって、あまり人が集まらなくなってきたんです。生活が成り立たなくなるのも困るけれど、教会の聖女様の像にちゃんとした歌を捧げられないことが申し訳なくて」

マルコは一瞬うつむいたあと、顔をパッと上げた。

「だからサヤさんが来てくれて、すごく嬉しいです」

きらきらと輝くマルコの瞳は純粋そのものだ。期待されていると知り、私も気合が入る。

「期待に応えることができるように頑張るわね」

最近までいた歌い手の女性ほど綺麗な歌声を響かせることができるか自信はないけれど、自分なりに頑張ってみよう。

教会を案内してもらったあと、翌日の礼拝堂で讃美歌《さんびか》を歌う時間を確認して宿屋に帰る。

最初に宿屋を出た時とは違い、驚くほど心が軽くなっていた。


そして翌日。私は宿で提供された朝食を食べ終えると、さっそく教会へと向かった。

まだ時間には早かったけれど、宿屋にいても特にすることはない。

早く到着した私を、マルコを筆頭とした子供たちが笑顔で歓迎してくれた。

「おはよう、マルコ」

「サヤさん」

マルコが笑顔で駆け寄ってくる。彼は服の上に白い簡素なローブを羽織《はお》り、胸に金の飾りのペンダントをつけていた。この服装が讃美歌《さんびか》を歌う時の正装なんだとか。正装など用意していなかったと焦る私に、マルコは白いローブを手渡してくれた。

「それ、前の歌い手のお姉さんの忘れ物なんです。よかったら羽織《はお》ってください」

準備がいいマルコの言葉に甘え、服の上からローブを羽織《はお》る。

扉を開けて礼拝堂の中を見ると、五人ぐらいの人が集まっていた。

「前はこの時間になると、並べてある椅子の半分ほどは人で埋まっていたけれど、今ではこんなに少なくなってしまいました」

そう説明するマルコの表情が一瞬曇《くも》る。だがすぐに顔を上げ、明るく言った。

「でも、これからまた、増えますよね」

期待するような眼差《まなざ》しで見つめられて、若干、いやかなりプレッシャーだ。私は苦笑しつつも答えた。

「頑張るわ」

そう答えた時、子供たちの中の、小さな女の子が泣いているのに気づいた。急いで近づいてしゃがみ込み、目を合わせてたずねる。

「どうしたの？　なぜ泣いているの？」

女の子はヒックヒックと嗚咽《おえつ》を漏《も》らしつつ、口を開いた。

「あのね、転んじゃって、おひざから血が出ちゃったの」

慌てて女の子のひざを見ると、血がにじんでいる。

「大丈夫？」

そう聞くとマルコが女の子の前に立ち、説明をする。

「さっき走っていたら転んでしまって、少し血が出たから水で洗い流したんです。傷自体はたいしたことないけれど、血が出たことにびっくりしちゃったんだね？」

マルコが優しく声をかけると、女の子は泣きながらうなずいた。見ればうっすらとだけど傷口が見えた。でも血は止まっているようだ。マルコの言う通り、血を見たことに驚いて泣いてしまったのだろう。

「讃美歌《さんびか》を歌い終わったら、アルマン神父にお薬を塗ってもらおうか。それまで我慢できる？」

マルコがそう切り出すと、女の子は勢いよくうなずいた。

マルコはここにいる子供たちのお兄ちゃん役みたいだ。歳の割に面倒見がよくて、しっかりしている。

やがてマルコは子供たちを整列させ、呼びかけた。

「みんな、今日は新しい歌い手のお姉さん、サヤさんが来てくれた。また人が集まってくるように、僕たちも心を込めて歌うぞー!!」

すると、次々に子供たちの声が上がる。

「おー!!」

「頑張るぞー!!」

「がんばるー!!」

見れば、一番小さな子までが上の子につられて、高く拳《こぶし》を掲《かか》げていた。一致団結している子供たちに、微笑ましい気持ちになる。そんな私にマルコが声をかけた。

「さあ、行きましょう。まずは僕たちが讃美歌《さんびか》を歌ったあと、サヤさんが歌ってください」

「わかったわ」

私がうなずくとマルコは礼拝堂に続く扉を開け、祭壇《さいだん》の前に子供たちを並ばせた。私は最後尾に並び、彼らの様子をうかがう。

古びたパイプオルガンの前の椅子に座っていたアルマン神父が、音を奏《かな》で始める。行儀よく一列に並んだ子供たちは、祈りを捧げに来た人々に頭を下げた。そしてマルコの目くばせと共に、音楽に合わせて歌い出す。

この地に恵みを与えてくれる神々よ
我らはその恩恵にあずかれることを日々感謝いたします

さすが毎日歌っているだけあって、上手だった。目を閉じて、心地よいハーモニーに聞き入る。

それに、この曲は私も知っている。

聖女だった頃、祈りを捧げる際に歌った歌は、この国で広く親しまれている曲ばかりだった。

この曲も、よく歌っていた曲の一つだったので、自然と私も口ずさんだ。

すると、それに気づいたマルコが歌いながら私の隣に来て、手をグイッと引っ張る。

驚いて目を瞬《しばたた》かせた私の顔を見つめ、マルコが言った。

「知っているのなら、サヤさんも一緒に」

そのまま手を引かれ、子供たちの前へ出された。

観客は五人ほど。今まで一人で歌っていたので、これでも多いと感じてしまう。

私の歌でいいのかしら？　なんだか緊張しちゃうわ。

そう思いながらも、静かに息を吸い込み、お腹の中心に力を入れた。

この大地を見守る神よ
祈りを捧げる民に豊かな実りを与えたまえ
我らは祈る　この国の平和と神々のため

大地を愛する民に恩恵を与えたまえ

子供たちの声とハーモニーをつくり、礼拝堂の中に響き渡る自分の声。

誰かに歌を聞いてもらえることが、こんなに気持ちがいいとは知らなかった。感動しながら夢中で歌い続ける。

歌い終えたあと、盛大な拍手に包まれて、私はあまりの高揚感に目まいがした。


「本当にすごかった、サヤさん!!」

裏に引っ込んですぐ、私に駆け寄ってきたマルコは瞳を輝かせていた。

「感動しました。前の歌い手のお姉さんも上手だったけど、それ以上だ」

興奮冷めやらぬ様子のマルコは、頬を赤くしている。

「ありがとう。照れちゃうけど嬉しいわ。私も気持ちよかった」

「教会に来ていた皆も歌声を聞いて、最初はびっくりしたように呆《ほう》けていたけれど、最後は目を潤《うる》ませて聞いていました。目を閉じて聞き惚れている人もいましたし」

歌いながらも、マルコは周囲の状況に気を配っていたみたいだ。私は歌うことだけで精一杯だったので、その観察力に感心する。

「すごいや、サヤさん。聖女様の歌声かと思うぐらい素晴らしかった!!」

突然、マルコの口から聖女の名が出てきたので、驚いて視線をさまよわせた。

焦るな、私。マルコは私が元聖女だったと知っている訳じゃない。自然に振る舞うのだと自分に言い聞かせた。

「あら、それなら次なる聖女様に立候補しようかしら」

笑ってごまかすと、マルコも笑う。

「聖女様の歌声、一度は聞いてみたかったな。素晴らしいのでしょうね」

騙《だま》しているようで心苦しくもあるが、今の私に聖女時代は関係ない。興奮して話すマルコに苦笑しながら返答した。

「そうね、私も聞いてみたいかな」

「だけどありがたい歌声だから、あまり一般にはお披露目《ひろめ》していないようですよ。限られた人の前でしか歌わないそうです」

残念そうに表情を曇《くも》らせたマルコの言う通り、確かに私は大勢の前で歌うことはなかった。

私の歌声をよく聞いていたのは、この国の王子のエルハンス。彼は部屋で一人で歌っていると、たびたび現れた。

彼の出現に驚いている私に、『綺麗な歌声が聞こえてきたからさ、ついふらふらと足を向けちゃったよ』なんて軽口を叩いていたが、私が一人で寂しい思いをしていないかと心配して、様子を見に来てくれていたんじゃないだろうか。ついでに、面倒な執務の息抜きだったのかもしれない。

それに、リカルド。

護衛として側にいたから、彼が私の歌声を耳にすることは多かったはず。でも特になにか言われたことはない。

城にいた頃に想いを馳せていると、急に思い出した。

私は先ほど、膝を擦りむいていた女の子の側へ近寄ってしゃがみ込む。

「お膝は大丈夫？　お薬塗ろうか？」

私が声をかけると、女の子はスカートの裾をまくり、膝を見せてくれた。

「あら」

先ほど見えた傷口はなくなっている。小さな傷だったので、見間違えたのだろうか。

「大丈夫かしら？」

そう聞くと、彼女はこくんとうなずいた。

「もう痛くない」

「じゃあ大丈夫ね」

私は安心して、立ち上がった。


それから一ヶ月が過ぎた。

教会へ通う合間をぬって、元の世界に帰る方法を探してはいたけれど、まったく手がかりがない。古本屋へも通ってみたものの、それらしきことが書かれた本は見つからなかった。やはり私一人で探すのは困難らしい。

一方で、嬉しいこともあった。教会に歌を聞きに来てくれる人々が多くなったのだ。最初は数えるぐらいの人しか集まらなかったが、今では長椅子に座りきれないほど人々がやってくる。中には教会に来るついでだからと言って、新鮮な野菜や手作りお菓子などを持ってきてくれる人もいた。これにはマルコを筆頭に、子供たちが喜んだ。私も、協力できたようで嬉しい。

だけど不思議なことが一つある。どうやら噂《うわさ》が流れているらしいのだ。

『あの教会の歌い手の歌声には、不思議な力が宿っている』と。

歌声を聞いているうちに、長年痛かった膝が治ったとか、諦めていた子宝を授かったとか、そういう話だった。

いつだったかは、歌い終えると女性にいきなり手を握られたこともある。

『ここに通うようになって、もう治らないと言われていた母の病《やまい》が回復してきたの。今では毎日、あなたの歌声を聞きたがるのよ。ありがとう』

感謝されて嬉しいけれど、私の歌に、そんな効果はないと思う。

『私はただ歌うことしかできませんが、それで元気になってくれるのなら嬉しいことです』

そう告げると、女性は笑顔を見せた。


今日は歌のあと、アルマン神父に呼び止められた。

服の寄付が大量に集まったので、仕分けを手伝ってくれないかとの話だ。それを引き受け、男女別に分けた服を、着られそうな子へと与える。平等に分けるのは難しいけれど、なるべく不満が出ないように注意を払った。

一人一人に服を配布すると、子供たちは嬉しそうに受け取った。

配り終わったのは夕方、そろそろ街へ戻る時間だ。

ちなみに、宿屋のおかみさんに教会の歌い手になった事情を説明し、長期の滞在をお願いしたところ、快《こころよ》く了解してもらえた。教会の歌い手をすると言ったら、感謝されたぐらいだ。なんでもアルマン神父に昔お世話になったことがあるらしく、格安で宿を提供してくれた。

教会での歌い手活動は、完全なるボランティアとして行っている。私の所持金もいつかは尽きるだろうが、そうなったら聖女の報酬としてもらった宝石を売り飛ばそう。これでしばらくは生活できるはずだ。

そんなことを考えながら、アルマン神父へ帰る旨《むね》を告げ、宿へ戻る前に礼拝堂へ足を踏み入れた。

子供たちは夕食の時間なので、人の気配はない。私は静まり返った礼拝堂を見回す。厳粛《げんしゅく》な空気を醸《かも》し出すこの場所に、人々が救いを求めてやってくる理由がわかる気がする。すごく落ち着いた気持ちになり、天井のステンドグラスを眺めた。

城の皆はどうしているだろう。寂しい気持ちがないと言えば嘘になる。

でも、自分で選択したことだ。

この先どうなるのか予想もつかないけど、自分の居場所を見つけないといけない。

私はもう聖女ではない。

こんな私を必要としてくれる人はいるのかしら――

物思いにふけっていると後方の扉が開き、誰かが中に入ってくる気配を感じた。

讃美歌《さんびか》を歌うのは朝の割と早い時間なのだけど、こうやって時間がずれても訪問者はいる。アルマン神父が祈ることに時間は関係ないという考えなので、礼拝堂はいつでも開かれていた。

そんな訪問者の一人だろうと思った私は、静かに振り向く。

誰だろうか。しかし、開け放たれた扉から夕日が瞳に差し込み、直視できない。それでもなんとか、相手の足元を視界に入れる。

高級そうな黒い革のブーツ、羽織《はお》っているのは漆黒《しっこく》の長いマント。その足先から徐々に顔を上げていく。

黒い髪に、全てを見透かすような黒い瞳。そこに光が反射して――

私は見知った顔に、驚愕《きょうがく》のあまり大きく口を開けた。

相手も私の存在を認め、ほんの少しだけ口を開く。

そこにいたのは、城で別れたはずのリカルドだった。

「……っ‼」

思わぬ人物に出会い、言葉を発することができない。

驚きで目を見開いていた彼は一転して、厳しい眼差《まなざ》しで私を捉えた。眼力の強さに一瞬たじろいだ私は、そのまま三歩、後退する。

そして、背中を向けて一目散に駆け出した。

祭壇《さいだん》の隣にある扉を開けて廊下に出る。そこを走り抜けて、裏手に続く扉に手をかけ、外に飛び出した。

なぜ彼がここにいるの？　それともさっき見たのは、幻？

いきなり走り出したせいで息が上がっている。だが、それ以上に混乱していた。

リカルドは私の護衛――だった。

なぜここに来たの？　もう護衛役は終わりになったでしょう。

この一ヶ月、何度も彼のことを考えた。

だけど、考えても仕方がないと、無理やり忘れようとしていた矢先だったのに。

リカルドの姿を目にした途端、私は怖くなった。

彼に会いたいと、心の隅で思っていたことを、気づかれたくない。でも、顔を見られたらきっと、悟られてしまう。

動揺と混乱で、考えるより先に足が動き、走り続ける。

「はぁ……はぁ……!!」

教会の裏手には砂利道《じゃりみち》が続く。外に出たはいいが、完全に息が上がっている。

その時、何気なく後ろを振り返ると、今まさに私に追いついたばかりのリカルドの顔があった。

怯《ひる》んだ瞬間、グッと手首を掴まれ、私の足が止まる。

リカルドと向き合う姿勢になり、互いの視線が交差した。

本物のリカルドだ。

そう思うと心臓がギュッと苦しくなった。手首に感じる熱が、よりいっそう私を苦しくさせる。

荒い呼吸を繰り返している私をジッと見つめるリカルドは、汗の一つもかいていなければ、呼吸も乱れていない。体力の差だろう。

しばらくその体勢で見つめ合ったあと、リカルドは静かに口を開いた。

「なぜ逃げるんだ？」

一ヶ月ぶりに聞く彼の声は、記憶の中のものと変わらない。低いトーンで落ち着いた話し方だが、今日は若干のいらだちが感じとれる。

「あなたこそ、なぜ追いかけてくるの？」

真正面から向き合った彼の表情は、私を非難しているかのように険しかった。

「まさかと思って訪ねてみれば……帰らなかったのか？」

私が帰ると決めた時、引きとめる言葉もなく、静かに見送っていたあなたが、それを聞くの？

「帰らなかったんじゃないの!!　帰れなかったのよ!!」

リカルドの問いかけに、つい大声で叫んだ。

「帰還の儀式は失敗!!　私はまだこの国にいるわ！」

「じゃあ、なぜすぐに戻ってこなかった」

「それは……」

リカルドに問われ、一瞬言葉に詰まるが、言葉を続けた。

「だって、私の役目は終わったでしょう」

リカルドは私の顔をジッと見つめると、小さく息を吐き出す。頑《かたく》なな態度に呆れているのかもしれない。

彼は太陽が沈む前の、夕日の輝きに照らされていた。その端整な顔立ちや、鋭さと眩《まぶ》しさがある眼差《まなざ》しが際立つ。

見つめられて居心地の悪くなった私は、目を逸らして口を開く。

「そもそも、なぜ私がここにいるってわかったの？」

「それを知りたいのなら、ついてこい」

無表情で答えにならない答えを吐き出したリカルドに逆らうことは、はばかられた。

それにもう、ここにいることがばれてしまった以上、抵抗してもどうしようもない。

リカルドに掴まれていた手首が離される。そして、彼はそのままこちらに背を向けると、再び教会の方へ歩き出した。

私は二歩ほど遅れて、彼の背中を追いかけた。

第二章　森の賢者との出会い

教会の外には、馬車が待機していた。リカルドが視線で「乗れ」と言ってきたので、渋々と乗り込む。

ゆっくりと動き出す馬車の中は、沈黙で満ちていた。

なぜなにも言わないのだろう。無言で責められているようで、なんとも気まずい。だが、私は私でどんな話題を振ればいいのかもわからず、仕方なく窓から見える景色を眺める。

彼に連れていかれたのは、街からそう遠くない場所にある大きな屋敷だった。

馬車を降りて屋敷を前にすると、その立派さに気後《きおく》れしてしまう。

城ほどではないけれど、由緒《ゆいしょ》正しい立派な屋敷といった風情《ふぜい》だ。重厚な造りで、窓の数から推察するに、部屋数も相当なものだろう。

庭は広く、芝が丁寧に刈り揃えられていて、植え込みからは花々の甘い香りが漂《ただよ》う。

そのまま立ち止まっていると、リカルドがさっさと歩き始めたので、慌てて声をかける。

「ちょっと、置いていかないで」

彼についていくと、玄関に初老の男性が立っていた。男性はリカルドに向かい、うやうやしく頭を下げ、白い手袋をはめた手で扉を開けた。その先はエントランスフロアになっていて、中央には上へと続く階段がある。

なにより私を驚かせたのは、エントランスフロアの通路を挟んだ両端に、使用人たちがズラリと並んでいたことだ。

「お帰りなさいませ、リカルド様」

一番手前にいた侍女がそう言って頭を下げると、皆が一斉に頭を下げた。

リカルドはその間を優雅に、かつ堂々と歩いていく。

私は一人、エントランスフロアに足を踏み入れることを躊躇《ちゅうちょ》していた。ここは私が踏み込んではいけない領域な気がする。まるで別世界だ。

通路を進んでいたリカルドは、後方にいた私の気配がなくなったことに気づいたのだろう、ゆっくりと振り返る。

「なにをしている。早く来い」

彼はそう言うけれど、足が固まって動かない。こんなに大勢の人たちに出迎えられることは、普通なの？　城にいた時はほとんど外に出なかったから、よくわからない。

そもそもリカルドは屋敷の皆に、私についてどう説明しているのだろう。

リカルドは、玄関で立ち止まったままでいる私をしばらく見つめてから、戻ってきた。

「行くぞ」

そう言うとやや強引に、私の右手首を掴んだ。

「えっ、ちょっと待って」

焦る私の声など聞こえていないように、エントランスフロアまで引っ張り出し、使用人たちが頭を垂れている間をぐいぐいと進む。

手首に触れる熱と、大勢に囲まれる中で彼と一緒に歩いていることに、鼓動が高まる。

リカルドの手は大きくて、手のひらがすごく硬かった。日頃剣を持ち、訓練をしているためだろう。男性の手だと感じる。

意識してしまい、頬が火照《ほて》ってきたのが、自分でもわかった。

私の手首を掴んだまま前を進むリカルドの、広い背中を見つめる。

私より頭一つ高い身長、少し長めの黒髪。この状況が落ち着かず、うつむき加減に歩を進めた。

やがてある部屋の前にたどり着くと、リカルドは扉を開け、それと同時に掴んでいた手首を離す。

「少しぐらい、待ってくれてもいいじゃない」

私はたまらず不満を口にする。

だが、リカルドは平然とした顔で言い放った。

「あの場で早く入らないと、使用人たちだって対処に困るだろう」

リカルドの言うことはもっともで、言葉に詰まる。

確かにいつまでも玄関先でまごついていられては、使用人たちだってなかなか頭を上げられないし、持ち場に戻るのが遅くなってしまう。

「突然のことだったし、慣れない状況なんだから、仕方ないでしょ」

リカルドにとっては当たり前の状況でも、私は戸惑って当然だ。

聖女だった頃の私は、『神の遣い』というポジションにあり、神格化された存在として扱われていた。そんな事情もあって、特定の人物以外との交流はなかった。

とはいえ、私個人は特別な訳ではなく、たまたま聖女になってしまっただけ。この世界での教養など、かけらもない人間だ。

この国の偉い人たちの教育を受けても、意味がわからず、あくびをするばかりだったっけ。

神の遣いである聖女がそんな風に人間くさいと知られては困るのだろう。だから、公《おおやけ》の場に出席する機会は少なかったし、仮に出たとしても最初だけで、すぐに退出することが多かった。ようはボロが出る前に、早々に裏に引っ込んでいたのだ。

リカルドは私の顔を見て、不満に気づいた様子で謝ってきた。

「ああ、すまない」

それにしても屋敷の皆は、いきなり現れた素性の知らない女について、なにか思うところはないのだろうか。

リカルドが説明をしていないのなら、彼らには、私が元聖女だということは秘密にした方がよさそうだ。元より顔が知られていなかったので、どうとでも言えるし、そこはリカルドにうまくごまかしてもらいたい。

リカルドに勧められ、室内のソファに腰かける。

このところ腰かけていたのは礼拝堂の木の長椅子に、宿屋の固い木製のベッド。こんな高級なフカフカのソファの感触も久しぶりだ。

リカルドも私の前のソファに、静かに腰を下ろす。

彼は腕を組んで私を凝視したまま、なかなか言葉を発さない。

この沈黙がいたたまれない。一ヶ月ぶりの再会なのに、空気が尖《とが》りっぱなしだ。

異様な威圧感があるので、私はこれから彼に責められるのかもしれない。

そう思って気分を重くしていると、リカルドがやっと口を開いた。

「最近、教会に新しい女性の歌い手が現れたと噂《うわさ》になっている。その容姿を聞いてみれば、黒髪に黒い瞳。最初はただの偶然かと思っていたが、その後、娘の歌には不思議な力があるとも聞いた」

どうやら、街での噂《うわさ》が城にいるリカルドの耳にも入ったようだ。

でも、私は聖女ではあったけれど、特別な力はないはずだ。なのに、リカルドはその噂《うわさ》を信じたの？

「不思議な力を持つという噂《うわさ》が広がれば、お前を拘束《こうそく》したいと考える奴らも増えるだろう。欲深い人間はどこにでもいる。事が大きくなる前に、自分の目で確かめに行ってみたら、お前がいた」

だから教会に通うのはやめろと、彼は遠回しに言っているのかもしれない。

歌う自由さえも取り上げられては、どうしたらいいのか。

私は膝の上で拳《こぶし》を強く握りしめてうつむいた。

「それでお前は、どうしたい」

しかし、リカルドから予想外の言葉をかけられて、驚いて顔を上げる。

静かな問いかけに、思わずつばを呑んだ。

「私は……帰りたい」

そう、やはり帰ることが前提だった。教会のことは気にかかるけれど、いつまでもいることはできない。

「そうか……」

告げたあと、思案に暮れる様子のリカルドの顔を見て、ふと気づく。

なんだか、少し痩《や》せたように見える。疲れがたまっているのかもしれない。

リカルドは顎《あご》に手を当て、しばらく考え込んでいた。眉間に皺《しわ》を寄せて、深刻な表情だ。

やがて彼はなにかを決めたのか、ゆっくりと顔を上げ、口を開く。

「では、帰還の儀式を再度行うよう、段取りをしよう」

「それはダメ!!」

リカルドの言葉を聞き、声を張り上げた。だって……

「一度失敗しているじゃない。私はあのあと、裏山に転がっていたんだからね!!」

今回はたまたま城の裏手の山に落ちたけれど、次は確実に帰れる保証なんてどこにもない。それに、もっと悪い場所に落ちてしまったらどうすればいいのか。最悪、その場で息絶えるかもしれないし、危険な賭けはしたくない。

「そもそも、何人もの力のある魔術師たちが集まっても失敗したんだから、本当は無理なんじゃないの!?」

叫ぶと同時に、自然と涙がにじんだ。そんな私に、リカルドが冷静に答える。

「帰郷を希望した聖女が帰れなかったという話は聞いたことがないし、今回はなにか理由があるのかもしれない。俺としては、今回の儀式が失敗だったと、エルハンス様や城の皆に知らせる必要があると思っている」

「そうね。それで帰れる手段がわかるならありがたいわ。私がこの世界にいる理由はないもの」

「これは何度か言われたことがあると思うが――」

そこでリカルドは一瞬口をつぐんだあと、こう告げた。

「婚約してこの世界に残るという手もある」

「婚約？」

思わず声を上げた。

それは、帰還を決める前に周囲の人間に勧められていたことだ。

聖女としての務めが終わってすぐ、この国の偉い貴族たちが近づいてきたっけ。

そのたびに『自分の息子と会ってみないか？』などと、遠回しに縁談を持ちかけられた。だが全てやんわりと断り、帰還の儀式を選んだ。

「最初の契約時に、言われたはずだ。一年後に望みをなんでも叶えると。それでお前は

「じゃあ、仮に私が結婚したいと言っていたら？」

「国中が喜び、貴族の男たちは誰もが手を挙げたことだろう。そもそも、俺やギルバートが側に配置されたのも、周囲の思惑があったからだ」

初めて知らされた事実に、あっけにとられた。

「そういう理由だったの……？」

リカルドは静かにうなずく。

年齢が近ければ親しみやすいだろうと配慮してくれたのだと考えていたけれど、本当はどうにかしてこの国に引きとめようとしていたんだ。

国としては、聖女をなるべく国に留めておきたい。この国の男性からしても、元聖女と結婚するというのは、名誉あることなのだろう。

つまり、皆が私に優しかったのは、そういうことだったんだ。

なのに、世間知らずな私は皆が親切でありがたいと思っていた。大バカだ。

落ち込んでいると、リカルドが言葉を続ける。

「だが、お前は誰にもなびくことなく、帰郷を選んだ」

「……ええ」

帰郷を選んだ」

最初から、帰ると決めていた。今思うと、これで正解だったのだ。

「これから先だが——お前の好きにすればいい」

「え!?」

まったく予想外のことを言われて、大声を上げてしまう。

「教会で歌いたいのなら、歌えばいい。ただ、その場合は付き添いをつけてもらう。もう一度帰還の儀式をしたいのなら、手筈《てはず》は整える」

思ってもいなかった申し出に、私は目を瞬《しばた》かせた。

「だが一つだけ条件がある。安全を考慮して、この屋敷に住むことだ」

それならば宿代も浮くし、私としては助かる。だが私にいい条件ばかりで、なにか裏があるのではないかと少し疑ってかかってしまう。

「そ、それで、あなたの方は大丈夫なの?」

そうたずねると、彼は首を傾げた。

「なにがだ?」

特に問題はないと言わんばかりのリカルドに、答えが尻すぼみになる。

「なにが、って言われても……私がここに住むことは、ルイーゼが了解しないと思うわ」

その名を口にすると、リカルドの眉がピクリと反応した。

「なぜここでルイーゼの名が出てくる。関係ないだろう」

そう言い捨てたリカルドだが、ルイーゼはハイドナル侯爵家という格式高い家の娘であり、彼の婚約者だということを私は知っている。

ルイーゼについて思い出し、私は唇を噛みしめた。

『リカルドは優しいでしょう？　でもね、勘違いしないでほしいの。それは彼に与えられた仕事だからよ』

初対面でいきなり攻撃された上、その後も会うたびににらまれたり、あからさまに無視されたりしたので、私は完全にルイーゼが苦手になっている。

今回のことも、彼女が知ったら、またどんな意地悪をされるのか。想像するだけで嫌気が差す。

無言で考えている間、リカルドはジッと私を見つめていた。

「あのね、やっぱり私はこの屋敷に住んではいけないと思うの」

顔を上げ、思い切ってそう告げる。リカルドは不満そうな顔だったが、構わず続けた。

「宿なら誰にも迷惑かけないし、気兼ねなく暮らせるわ」

だが、リカルドは間髪容《かんはつい》れずに首を横に振った。

「ダメだ」

その物言いに、いささかムッとしてしまう。

「どうしてよ」

一ヶ月暮らしてみて、この街の治安がいいことはわかっている。そう告げたけれど、リカルドは考えを変えない。彼は小さくため息をついたあと、真正面から私を見据えた。

「俺が嫌なんだ」

静かにつぶやいたリカルドは、ソファの肘掛けに肘を置き、両手を組んだ。そこに顎《あご》を乗せて、ジッと私を見つめ続ける。

美麗な顔つきの彼に、こうも真剣な眼差《まなざ》しを向けられては、たじろぐしかない。

「わ、わかったわ」

結果、渋々ながらも了解した。

彼は一度決めたら自分の考えを曲げない部分があると、聖女時代の付き合いで学んでいたので、それも諦めた理由の一つだ。

「だけどなぜ、そこまでしてくれるの？」

儀式の失敗は、彼のせいではない。そのことに責任を感じているのなら間違いだと伝えると、リカルドが言った。

「お前は聖女を務め終えた。なのに、最後の願いも叶えられずに、ここにいる。それならばどうにかして望みを聞いてやろうと思うのが普通だろう」

そうだった、リカルドは無表情で考えていることがわかりにくいが、基本的に優しい人だ。困っている時や寂しい時は、いつもそっと側に寄り添ってくれていた。

そう、私が勘違いしてしまいそうになるぐらいに――

ふと気持ちに暗い影が落ちる。閉じ込めて蓋をした感情がこぼれそうになり、私は慌てて首を横に振った。

「帰還の儀式がうまくいかず、すまない」

リカルドの謝罪の言葉を聞いて、驚くと同時に、涙がとめどなくあふれ出す。

「ほ、本当だよ……。帰ったつもりが、なぜか裏山に転がっているし……。おまけに雨は降ってくるし、どうしたらいいかわからず途方に暮れたわ」

一ヶ月前の出来事が脳裏に浮かぶと、当時の心境がよみがえってくる。

寂しくて心細くて、一人ぼっちで不安な気持ち。

本当は、リカルドを責めるのは間違いだってわかっている。儀式の失敗は彼のせいじゃないもの。

リカルドだってこんな理不尽なことで責められて、怒ってもいいはずだ。

だけど彼は、私の気持ちに寄り添ってくれる。

だって彼は優しいから――

私の涙の理由は、悲しいとか怒っているとかじゃない。

世界に一人になってしまったようで、本当は不安だった。

聖女としての役目が終わり、帰ることを選択したけれど、なぜか帰れなくて。

この世界も元の世界も、私のことなど必要としていないのだと考えると、心が沈んだ。

だけど教会で歌い、皆の笑顔を見た時には、ああ私にもできることがあったのだと、純粋な喜びを感じた。自分自身が認められたみたいに思えたのだ。

いろいろな感情が混ざり合って泣きじゃくっていると、頭にそっとなにかが触れた。

顔を上げると、それはリカルドの手だった。

その手つきはまるで、私を慰《なぐさ》めているかのようだ。思えば彼の前で泣くのも、これが初めてではない。

『なんで聖女なんてやらないといけないの』

『元の世界に帰りたい』

そう言ってリカルドの前で泣き、彼を困らせたことが何度かあった。時には八つ当たりに近い感情をぶつけたこともある。

そのたびに彼は、黙って側にいてくれた。そして、頭をそっと撫でてくれた。彼の大きな手に触れられると、ますます涙腺《るいせん》が崩壊してしまう。これもいつものことだった。

私の涙が一向に止まらないことを察知した彼は、静かに口を開く。

「今日からここに泊まれ。お前が使っていた宿には使いをやった」

私が泊まっていた場所まで把握していただなんて、さすがだわ。

その時、扉がノックされ、リカルドの手がスッと私の頭から離れる。

リカルドが返事をすると、静かに扉が開かれた。その先にいたのは初老の男性だ。ビシッとしたスタイルに蝶ネクタイの彼は、先ほど玄関で私たちを出迎えてくれた人だった。

「リカルド様、紅茶の用意をいたしました」

「ああ」

初老の男性はリカルドへ声をかけたあと、私へと視線を向ける。

「初めまして、お嬢様。私はこの屋敷で執事頭をしております、リチャードと申します」

丁寧な挨拶《あいさつ》に加えて腰まで折られ、涙を拭《ふ》いた私は慌てて返答する。

「初めまして、サヤです。よろしくお願いします」

頭を下げると、リチャードさんは目尻に皺《しわ》を寄せて笑う。

「サヤ様、私たち使用人に頭を下げる必要などないのですよ。それにしてもリカルド様

もお人が悪い。私に話してくれたらよかったものを」

そんな意味深な台詞《せりふ》を吐くリチャードさんに、私は困惑した。なにか、私たちの関係を勘違いしている気がする。

すると私と同じように察したらしいリカルドが、リチャードさんに説明した。

「彼女は、俺が昔世話になった知人の娘だ。当分の間、この屋敷に滞在する」

とっさに設定を作ったリカルド。するとリチャードさんの目が光った。

「さようでございますか。このリチャード、リカルド様の交友関係を把握していると思っていたのですが、まだ知らない方もいらしたのですね」

リチャードさんはリカルドが嘘をついたことなど、すっかりお見通しの様子だ。だけど、リカルドは反応することなく、涼しい表情のままソファに腰かけている。

リチャードさんは慣れた手つきで紅茶を淹《い》れると、ティースタンドと共にテーブルの上に差し出し、私に勧めてきた。

「さあ、サヤ様、どうぞお召し上がりください」

紅茶を一口飲むと、香りが口の中にフワッと広がった。すっきりとした味わいに、笑顔になってお礼を言う。

「ありがとうございます。美味《おい》しいです」

「それはよかったです。焼き菓子もどうぞ」

リチャードさんは嬉しそうに微笑んだ。リカルドはソファの肘掛けに肘をついたまま、こちらを無言で眺めている。

「サヤ様はリカルド様と、どこでお知り合いになられたのですか？」

突然のリチャードさんからの質問に、言葉に詰まる。

「リチャード。お前がわざわざ来るなんて、そんなことだと思っていた」

リカルドがそうつぶやいて、ジッとリチャードさんを見つめた。その瞳には不機嫌さが宿っている気がする。だがリチャードさんは気にした風でもない。

「この屋敷の代表としてと言いますか、皆にせっつかれましてね」

リチャードさんが肩をすくめて笑うと同時に、扉が控えめにノックされた。するとリチャードさんが重い扉を開ける。

そこにいたのはメイド服を着た、小柄な女性だった。丸顔でクリッとした目が可愛らしく、髪をまとめ上げている。

リチャードさんになにか声をかけられた女性は、礼儀正しく頭を下げたあと、入室してきた。そしてソファから三歩ほど下がった位置に立ち、再び深々と頭を下げる。

彼女はゆっくりと頭を上げ、微笑みながらも緊張した面持《おもも》ちで口を開いた。

「こんにちは、私はシェルミーです。どうぞ、シェルとお呼びください」

私も挨拶《あいさつ》するべきかとソファから立ち上がりかけた時、リチャードさんがそのままでと、目で合図してきた。

「サヤ様、このお屋敷にご滞在中、彼女を侍女としておつけいたします」

シェルと名乗った彼女は、私と同じ十九歳らしい。まさか侍女がつくとは想像しておらず、驚いた。

「どうぞよろしくお願いします」

「だけど……」

わざわざ侍女をつけてもらうのも申し訳ない。どう断るべきか悩んでいると、シェルが不安げな声を出す。

「もしかして、私では頼りないから、不安でしょうか？　もっとベテランの方がよろしいですか？」

彼女は明らかにシュンとして、気落ちしている。その様子を見て、慌てて弁解した。

「ち、違うの！　私に侍女がつくだなんて、想像していなくて」

するとリチャードさんが、やんわりと間に入り、説明する。

「相手が同じ年頃の女性なら、なにかあった時、相談しやすいでしょう。ですよね、リカルド様？」

リチャードさんが急にリカルドに同意を求めたので彼を見ると、リカルドは静かにうなずいた。

困った、これでは断れないではないか。

無言でいると、シェルが頭を下げ、勢いよく言う。

「私、精一杯努めますので、よろしくお願いします!!」

シェルの必死な様子は、とても可愛い。

聖女時代のおつきの侍女は、皆年齢がかなり上で、おまけに表情に乏《とぼ》しかった。

必要以上に聖女に接するのを禁止されているのか、ただ言われたことを黙々とこなすだけで、私とは目も合わせないことが多かったのだ。

だからこそ、彼女の反応はすごく新鮮だ。彼女にならば側にいてほしい。

よし、私からもお願いすることにしよう。

私は意を決してソファから立ち上がり、シェルの目を見て口を開く。

「私はサヤです。よろしくお願いね、シェル」

シェルは頬を赤く染めると、嬉しそうに頭を下げた。

「ではお部屋にご案内して差し上げなさい」

リチャードさんがシェルにそう命じたので、私たちは部屋から出て広い廊下へ移動する。

まだ緊張している様子のシェルの先導でしばらく歩き、一室の前で足を止めた。

シェルは、大きな花模様が刻まれている重そうな扉のドアノブに手をかけ、そのまま開く。

「どうぞ、お入りください」

促《うなが》されるまま足を踏み入れると、広い部屋に豪華な調度品が置かれているのが視界に入った。壁紙からシャンデリアの吊るされた天井にまで模様が描かれている。ベッドはとても広く、三人ぐらいは眠ることができそうだ。暖炉《だんろ》の上には大きな花びんがあり、綺麗な花が飾られている。

城にいた時も豪華な部屋を与えられていたけれど、それと同レベルだ。

リカルドはどれだけお金持ちなのだろう。侯爵家という高貴な出自の彼にしてみれば、この部屋は普通なのだろうか。

私が立ち尽くして部屋を見回している間に、シェルは部屋から出ていった。しばらくすると、彼女がカートを押して戻ってくる。

そして手際よく紅茶を淹《い》れてくれたので、ソファに腰かけてありがたくいただくことにした。

「サヤ様が、リカルド様の花嫁様になられる日が、待ち遠しいです」

シェルの言葉に、私は飲みかけの紅茶を噴き出した。

むせていると、彼女が心配しながら背中をさすってくれる。

「な、なんで、そんな話になっているの」

「違うのですか？」

キョトンとした表情を向けてくるシェル。首を傾げた仕草がとても可愛い。だが、今はそんなことを考えている場合ではない。

「違うもなにも、シェルが思っているような関係じゃないのよ、私とリカルドは」

「ええっ……すみません。とんだ早とちりを……」

私が即座に否定すると、シェルは見るからに気落ちし、沈んだ表情を浮かべる。それを見て、私は慌てて取り繕《つくろ》う。

「別にあなたを怒った訳じゃないわ。だけど、どうしてそう思ったのかしら？」

誤解されるようななにかがあったのなら、今後は気をつけようと、参考のためにたずねる。

「いえ、ただなんとなく……です。誰が言い出したのか今となってはわかりませんが、屋敷の皆がそう感じていると思います。そもそもリカルド様が女性を連れてくることが珍しいのです」

「そうなの？」

「はい」

シェルは私の目を見つめ、はっきりと言い切った。彼女はそう言うけれど、リカルドの側にはルイーゼがいるはず。

脳裏に彼女の美しい姿が浮かんでしまい、すぐさま振り払った。

しかし、普段のリカルドは屋敷の皆にどんな態度で接しているのだろう。ふと気になった。

「シェルから見て、リカルドはどんな人？」

そう質問すると、シェルは途端に目を輝かせる。

「すごく格好いいですし、無口なのですが、私たち使用人のことも気にかけてくださいます。優しくて誠実な方だと思います」

どうやらリカルドは絶大な信頼を得ているようだ。

それからも続くリカルドへの称賛を、私はぼんやりしながら聞いていた。

翌日、目覚めれば、見慣れない高い天井が視界に入った。

私がいるのは寝心地がよく、広いベッド。柔らかな枕からはポプリの甘い香りがしてくる。

昨日、リカルドと再会したことにより緊張の糸がプツリと切れたのか、深く眠り込んでしまったらしく、もう日が昇っていた。

私がベッドの中で焦っていると、扉が叩かれる。

それに短く答えたところ、シェルが入室してきて着替えを手渡された。シンプルなワンピースに着替えてすぐに、別室へ案内される。

その部屋にいたのはリカルドだった。漆黒《しっこく》の服を着た彼は、部屋に入った私をジッと見つめている。昨日取り乱して彼の前で泣いたので、少し気恥ずかしい。

「おはよう」

声をかけると、彼はわずかにうなずいた。

すると、すぐに朝食が運ばれてきて、特に会話もないまま、それを食べる。あまり食欲がなかったが、なんとか半分は食べた。

そして紅茶をいただいたあと、いつもなら教会へ出向いていた時間だと知り、慌てて立ち上がる。

「いけない、教会へ行く時間だわ」

うっかりしていたけど、ここは宿屋じゃないのだ。早めに出発しなければ到底間に合わない。動揺する私を見て、リカルドが声をかけてきた。

「まず落ち着け」

「だって遅れちゃうわ」

焦ってそう答えると、リカルドが言葉を重ねる。

「では聞くが、焦ってどうするつもりだ。走っていくつもりか」

そう、今から全力で走っていこうかと思っていた。

その考えが顔に出ていたのだろう。リカルドはクスリと笑ったあと、静かに立ち上がる。

「走っても間に合わないだろう。送っていく」

彼が、馬車を手配すると言うので、大人しく従った。


「では終わる頃、迎えに来る」

教会近くの街道で付き添いの人と馬車を降りる際に、リカルドがそう告げてきた。

「ありがとう」

私は戸惑いながらも返事をしたあと、あることに気がついた。

「あ、待って。終わったら宿屋のおかみさんに挨拶《あいさつ》したいの」

そう言うと、リカルドは了解とばかりにうなずく。

こうして、教会で讃美歌《さんびか》を歌い終わる時間帯に、宿屋に迎えに来てもらうことになった。

リカルドも忙しいだろうに、こうやって私に付き合ってくれている。感謝しなければならない。彼は元の世界に帰れなかった元聖女を憐《あわ》れんでいるのだろうか。

いや、違うな。リカルドが優しいのは元々だ。

聖女だった頃、側に仕えてもらっていた時から、それは感じていた。

無表情でいつもクールだし、一見とっつきにくそうだけど、優しいのだ。

でも、それは私にだけじゃない。シェルだって彼は優しいと言っていた。

勘違いしてしまうことがないように自分に言い聞かせ、私は教会へと向かった。


いつものように歌い終えると、私は足早に宿屋へと向かった。

扉を開けるとカウンターにいたおかみさんが振り向いたので、声をかける。

「おかみさん」

「サヤ!!」

おかみさんは驚いたように大きな声を出し、こちらへ近寄ってきた。そして私の右手を両手で掴み、顔をのぞき込んでくる。

「昨日はびっくりしたよ！　いつもより帰りが遅いから心配していたんだけど、日が暮れた頃に身なりのいい男がやってきてさ。それもあんたからの遣いの者だって言うじゃないか」

リカルドは遣いを出して伝言を頼んでくれた。だけど、そのことで余計におかみさんを心配させてしまったみたいだ。

「さっきも、あんたの知り合いだっていう男性が来たんだけど……」

そこから、おかみさんは言いにくそうに告げた。

「今日で宿を引き上げるって言うから、びっくりしちゃってさ。それに相手はどう見たって貴族様じゃないか。サヤ、あんた大丈夫なのかい？」

おかみさんは、私が変なことに巻き込まれているんじゃないかと、心配してくれているのだ。

「大丈夫よ、おかみさん。彼は私の知り合いなの」

この言葉で、おかみさんが安心するとは思えなかった。だが、真実を全て話す訳にはいかない。

「おかみさん、彼が言っていた通り、急なことで申し訳ないのですが、宿は今日で引き上げます」

おかみさんはどこか納得がいかない様子だったけれど、渋々ながらうなずいた。

「それと、これは宿代です」

私は胸元から銀貨を取り出し、おかみさんに渡そうとした。

「いらないよ。宿代なら、先ほどいらした男前のお兄さんが全て払っていったからね。それもかなり上乗せして」

リカルドは宿代まで支払ってくれたそうだが、そこまで甘えるつもりはなかったので、私としても困ってしまう。

「だからこそ、余計に心配なんだよ、サヤ」

「おかみさん……」

「もしかして厄介《やっかい》なことに巻き込まれていないかい？　本当に大丈夫なのかい？」

「ええ、大丈夫よ」

おかみさんを安心させるため、目を見てうなずいた。おかみさんは私の返答を聞き、少しは安心したみたいだ。

「なら、よかったよ。もう驚いちゃってさ。あの貴族様はサヤの恋人なのかい？」

「ち、違います!!」

おかみさんの誤解が解けて安心したのもつかの間、今度は違う誤解を受けているようだ。

「だって貴族様が宿代を全部支払い、なおかつ迎えにまで来るだなんて、よっぽどご執心《しゅうしん》なのかなって、勘ぐってしまうわけよ」

おかみさんは興味津々《しんしん》といった様子で、私の顔色をうかがってきた。

「あんたもまんざらじゃないでしょ。顔が赤くなってるよ」

「お、おかみさんったら‼」

つい大きな声で叫んでしまう。

すると、おかみさんは豪快に笑い出す。そして腰に手を当て、明るく口を開いた。

「教会の方はどうするつもりだい？」

「それは続けようと思っています」

きっぱり告げると、おかみさんは安堵したように息を吐き出す。

「そりゃ、よかった。教会も最近は活気づいてきていたからさ、ここであんたまでいなくなっちゃ、皆がっかりするだろうし。無理のない範囲で続けてやれば喜ぶよ」

おかみさんの言葉に、私はうなずいた。

「じゃあ、部屋に行って荷物をまとめてくるといいよ。待っている人もいるしね」

そう言うと、おかみさんは意味深に片目をつぶって見せる。

これは、完全に誤解されているな……

そう思ったけれど、否定しても聞き入れてもらえない気がした。むしろ、ムキになって怪しいねなんて、からかわれそうだ。それは避《さ》けたい。

私は返事をしたあと、一ヶ月過ごした部屋へと向かう。

扉を開けて中に入ると、殺風景な部屋が視界に入る。

あまり物を増やさないようにしていたが、まとめてみると結構な量になった。

荷物整理をしながら窓を開ける。入り込む風が冷たくなっていて、もうすぐ日が暮れるのだと実感した。

ここからの景色も見納めかと思うと、感傷的になる。

簡素な木のベッドに古びたドレッサー、小さな椅子と丸いテーブル。

一部屋にギュッと詰められた、使い古された家具たち。

壁が薄いせいで、隣室に泊まった人のいびきで眠れない夜もあった。

だけど不思議と愛着が湧いていて、離れるとなるとなんとも言えない気持ちになる。

大きいスカーフに着替えなどをくるんだあとは、ベッドのシーツをたたみ、簡単に掃除をした。それも終えたところで扉の前に立ち、最後にもう一度、部屋を見回す。

今までお世話になりました。そんな気持ちでお辞儀を一つし、一ヶ月過ごした部屋をあとにする。

それからおかみさんに挨拶《あいさつ》をすると、宿の裏手に停まっている黒塗りの馬車へと駆け寄った。裏通りに停めているとはいえ、豪華な馬車は目立ってしまう。なにごとかといった様子でチラチラとこちらを見ながら横切る人々を尻目に、私は扉を叩いた。

中から扉が開けられ、リカルドが顔を出す。

「ごめんなさい、支度に手間取ってしまって」

謝罪の言葉と共に、馬車に飛び乗った。座席に腰かけた私は、ゆっくりと馬車が動き出してから、目の前に座るリカルドに向かい、口を開く。

「リカルド、宿代を立て替えてくれたって聞いたわ」

「ああ」

素っ気なく答えたリカルドに、さらにたずねる。

「いくらだった？　私が払うから」

リカルドは目を瞬《しばたた》かせつつも即答した。

「いらん。俺が好きでやったことだ」

彼はそう言うけれど、そんな訳にはいかない。

「いいの。受け取ってよ」

多少強気で主張するが、リカルドも譲らず、しばらくは攻防が続く。

やがて、私は小さくため息をつき、苦笑した。

そりゃあ、彼からしたらたいした金額ではないと思う。だけど、そこまで面倒を見てもらう義理はないはずだと、私も少し意地になっていたかもしれない。

このままでは、お互い譲らないだろう。そう判断した私は手を引っ込めた。


それから、日中は教会へ行き、夜は屋敷で過ごす日々が続いた。

今日は、教会で歌うのはお休みの日だ。自由な一日を過ごせると思いつつ部屋にいたところ、扉が叩かれる。返事をすると、現れたのはシェルだった。

「リカルド様がお呼びです」

「わかったわ」

声をかけられてすぐに腰を上げる。なにか私に用事だろうか。そういえばリカルドは、私がまだこの国にいることを城に報告すると言ってたっけ。その後の動きは聞いてなかったけど、それについてかな。

城にいるエルハンスや皆は、どう思っているのか。今は私の処遇を相談しているのかもしれない。

どちらにせよ、私に用事があるのなら、向こうから連絡してくるだろう。

そして、シェルの案内のもと、リカルドに会うため部屋を出た。

一室の前にたどり着き、ノックをすると、部屋の中から低い男性の声が聞こえてくる。リカルドの声だ。

私は、そのまま扉を開けた。

「失礼します」

ここはリカルドの書斎らしく、広い机には書類がまとめられ、本棚には難しそうな本がズラリと並んでいる。部屋の中央には革張りのソファとテーブルが置かれていた。

落ち着いた色合いを基調とした部屋は、本人の性格を表しているようだ。

リカルドは私が入室すると、ゆっくりとこちらへ視線を向けた。書類になにか記入していたのか、持っていた羽ペンを置く。

彼は椅子から立ち上がり、私の側にきた。ソファに腰かけるように言われたので、遠慮なく座る。リカルドも向かいに腰かけ、私たちは対面する形になった。

こうやって改まって座ると、やや緊張する。

けれど、リカルドはいつもと変わらぬ様子で口を開いた。

「少し出かけないか?」

「えっ?」

彼が急にそんなことを言い出したので、驚いてしまう。出かけるって、どこへ?

「別にいいけど……」

特に用事もないのでうなずく。だが内心、心臓の鼓動が速くなっていた。

だって、彼にこんな風に、面と向かって誘われたことはない。

「どこへ行くの?」

そうたずねると、リカルドが答えた。

「街の外れに位置する北の森の奥深くに、賢者と呼ばれる人物が住んでいる」

「その人がどうかしたの?」

「魔術に詳しく、知識が豊富な人物だと聞いた。今回の儀式失敗の理由が、なにかわかるかもしれない」

そう言われた瞬間、さっきまでドキドキしていた鼓動が収まった。

ああ、やっぱりね。特別なことなどないのよ、私とリカルドには。

親切にしてくれるのも、帰還の儀式が失敗したことへの責任を感じているだけ。だからこそ、こうやって、親身になってくれるの。

自分自身にそう言い聞かせ、彼の目を見つめた。

「その方に会いに行きたいわ」

きっぱりと告げる。

そう、私は帰るの。

いつまでもリカルドのお世話になっている訳にもいかない。最初はよくても、彼だってだんだん面倒に思ってくるはずだ。

図に乗って、甘えてはいられない。

私が帰ることが、一番いいのだから――


「ねぇ、この道でいいの？」

揺れる馬車の中から、私は外をうかがう。

あれからすぐに準備をして、北の森に住むという賢者を訪ねることになった。街の外れというから、そんなに時間はかからないだろうと勝手に思っていたけれど、甘かった。

マラドーナの街は広く、栄えている。しかし、その外れには、うっそうと木が茂《しげ》る森が奥深くまで続いているのだ。その奥には、街の住民はおろか、狩人《かりゅうど》でさえめったに行かないらしい。

到底道とは呼べないような森林の間を、馬車は進む。森の中は太陽の光もあまり差してこないので、まだ早い時間だということが信じられない。

本当に、こんな場所に人が住んでいるのかしら。

不安になった時、ゆっくりと馬車が停車した。

「ついたの？」

しかし窓から外を見ても、木が立ち並ぶばかりだ。人の気配が感じられないどころか、賢者が住むという家も見当たらない。

リカルドが無言で馬車を降りたので、私もそれに続いた。

「ここからは歩く」

「えっ」

「この先は、道が細くて馬車では無理だ」

確かにそうだ。ここまで通ってきた道は、かろうじて馬車が通れるぐらいの幅があるけれど、ここから先の道はすごく細い。しかも木が邪魔をしているので、馬車では進めないだろう。

「この道をたどればたどり着くはずだ」

リカルドはそう言うけれど、どのぐらい歩くのか、ふと不安になる。

「嫌ならやめるか？」

リカルドが気遣うような声を出し、私の顔をのぞき込む。

つい、やめたいと思ってしまったけれど、よくよく考えると、リカルドは私のためにここまで来てくれたのだ。本来なら関係ないはずなのに。

ここで私からやめたいなんて、言える立場じゃないわ。

すぐにそう思い直し、首を横に振った。

「いいえ。行くわ」

そう、ここまで来たら、前に進むのみよ。

リカルドは馬車の従者に、この場で待つように告げた。一人で待つことに不安がっている従者へ、リカルドは自身の胸元から懐中時計を取り出して手渡す。

「この針が上を指すまでには戻ってくる」

彼がそう言うと、従者はいくぶん安心したかのように、硬かった表情を和《やわ》らげた。

「この道を真っ直ぐ進むだけだ」

かろうじて人が歩ける、細く長い道を目印に、私とリカルドは出発した。

そして、どのくらい歩いただろう。

歩を進めても進めても同じ景色ばかりだと思っていたところ、遠くの方にわずかな光が見え始めた。

「リカルド、あれ!!」

光の差す方向を指さすと、リカルドは静かにうなずいた。

どうやら、もう少しで森を抜けるみたいだ。自然と早足になり、細い道を駆け出した。

森を抜けた瞬間、降り注いできた太陽の光が眩《まぶ》しく感じる。私は目の前の光景を見て、息を呑んだ。

今まで暗い森の中を歩いてきたのが嘘のように、周囲は明るく晴れ渡っていた。青空が広がり、鳥のさえずりまで聞こえる。

私たちの目の前にあったのは、レンガ造りの小さな家だった。

家の隣には大きな畑があり、その一面にハーブが植えられているためか、爽快《そうかい》な香りが周囲に漂《ただよ》っている。家の屋根にある煙突《えんとつ》から吐き出される白い煙が、空まで続いていた。

まさに森の中にある一軒屋であり、他の建物は見当たらない。一般的な家のようだが、ここに賢者が住んでいるのだろうか。

不思議に思っていると、ハーブ畑の中で、なにかがひょこひょこと動くのが見えた。

なにかしら……野性のウサギ？

だがウサギにしては大きいと考えつつ、目を凝《こ》らしてみる。

違う、あれは子供だわ。

私がそれに気づいたと同時に、相手も視線に気づいたようで、こちらを振り返った。

そして驚いた表情を見せたものの、すぐに口を開く。

「こんにちは！　はるばる遠い場所までようこそ！」

人懐《ひとなつ》こい笑みを浮かべたのは、少年だった。くりくりとしたクセの強い赤毛で、そばかすが特徴的な、愛嬌のある子だ。その両手にはたくさんのハーブを抱えていた。彼は摘《つ》んだばかりのハーブを側にあったカゴに入れると、立ち上がり、それを持って近づいてくる。

リカルドが、すかさず彼に声をかけた。

「森の賢者にお会いしたい」

すると、少年は笑みを深める。

「師匠は取り込み中ですが、もう少ししたら手が空《あ》きます。それまで中でお待ちください」

この対応からして、自分たちみたいな客人には慣れているのだろう。

少年が家の中に入るように言ってくれたので、遠慮なく中で待たせてもらうことにした。なにより、ずっと歩いていたので、足が疲れている。

部屋に入ると、ソファに腰かけるように勧められた。

手縫いのキルトのソファカバーに、部屋の隅にある暖炉《だんろ》、木彫りの置物など、とても温かみのある空間だ。

「どうぞ楽になさってください」

お言葉に甘えて、ホッと一息ついた。

久々に長時間歩いたせいか疲れたし、靴で踵《かかと》が擦《す》れて痛かった。皮がむけているかもしれない。

だが、まずはこの少年に挨拶《あいさつ》をと思い、口を開く。

「ありがとう。私の名前はサヤよ。あなたのこと、お聞きしてもよろしいかしら？」

すると、少年は少しはにかんで答えた。

「僕、師匠の弟子のハリスです」

はきはきと答えるハリスは、マルコと同じぐらいの年齢で、しっかりしている印象を受けた。

私はソファに腰かけたまま、キョロキョロと部屋の中を見回す。

壁にかかった棚には小さな小瓶がずらりと並び、ハーブの束《たば》が天井から吊るされて干されていた。あれはきっと、乾燥させて使うのだろう。

「珍しいですか？」

ハリスから声をかけられて、ハッと気づく。

「あ、ごめんなさい。物珍しいものがいろいろ置いてあるから、つい見てしまったわ」

そう答えると、ハリスは笑みを浮かべた。

「お師匠様のお仕事の道具なんです」

ハリスはそう言いながら台所まで行き、慣れた手つきで私たちにお茶を淹《い》れてくれた。

ハーブティーらしく、とてもいい香りが部屋に広がる。

「ここで賢者様と暮らしているの？」

私の問いかけに、ハリスは笑ってうなずいた。

「そうです。お師匠様、生活のことは無頓着《むとんちゃく》で、僕がいないとこの部屋も三日で荒れてしまいます」

どうやらお師匠様は整理整頓が苦手な方らしい。その時、奥の部屋の扉が、カチャリと音を立てて開いた。

そして、そこから姿を現した人物が口を開く。

「それは言いすぎだ、ハリス。お前が不在でも五日は大丈夫だ」

きっぱりとした物言いを聞き、私は驚いた。

長く黒い髪はクセが強いのか、波打っていて、それが無造作にまとめられていた。白い肌に、釣りがちな目と赤い唇が印象的な女性だ。

まさか賢者様って女性なの？

あっけにとられていると、隣に腰かけていたリカルドがすかさず立ち上がった。

「私の名はリカルド。賢者殿、あなたのお知恵を貸していただきたい」

スッと手を差し出したリカルドの顔を、賢者様はジロジロと無遠慮に見つめてつぶやく。

「ふん、カルタス家の息子か。お前は母親似だな」

彼女はソファにドガッと腰を下ろし、こちらを見た。

「で、あんたは？」

声をかけられて我に返る。挨拶《あいさつ》もなしに座ったままだなんて、失礼すぎた。慌てて立ち上がろうとしたところ、賢者様に座ってな、と制され、再び腰を下ろす。

「私はサヤといいます。今日は賢者様にお聞きしたいことがあって来ました。よろしくお願いします」

そう言って頭を下げる間も、賢者様は頬杖をついた姿勢で、私を真っ直ぐに見つめていた。

黒曜石《こくようせき》に似た漆黒《しっこく》の瞳に見つめられると、まるで全てを見透かされているような気持ちになる。賢者様は息を吐き出したあと、口を開く。

「……また面倒なのが来たね」

面と向かってはっきりと言われ、内心グサッときた。賢者様はハリスとリカルドに向かい、指示を出す。

「あんたたちはいったん席を外して」

そう言った賢者様に反論したのは、リカルドだった。

「だが――」

しかし、すぐさま賢者様によって遮《さえぎ》られた。

「私に用があるのは、この子だろう？　だったらあんたは部外者って訳。ハリスと二人、外で待ってな」

ずけずけと物を言う賢者様に、リカルドはグッと言葉に詰まる。それでも部屋から出ていこうとしない彼に、賢者様は笑った。

「この子がそんなに心配かい？」

そこまで言われたリカルドは、渋々といった様子で部屋から出ていく。ハリスはその横で、『早く行きましょう。お師匠様が怒ると怖いですよ』なんて、リカルドの背中を押していた。

そして扉がパタンと閉まると、賢者様と二人きりになる。

正直気まずい。

賢者様と聞いて、もっと年齢を重ねたおじいさんだと予想していた。それが女性で、想像していたよりも若いので、変に緊張してしまう。

「さてと……」

賢者様は立ち上がり、台所の方へ向かう。

「楽にしていいよ。別に取って食いやしないさ」

「あ、はい」

そう言われたので、少しだけホッとしていると、賢者様が二杯目のハーブティーを淹《い》れてくれた。

「飲みながら話を聞こうか」

彼女のハーブティーは、爽《さわ》やかな香り。口にするとフワッと清涼感があり、頭が冴《さ》えてくる。

「賢者様と聞いて、てっきり男性の方かと思っていましたので、驚きました」

すると、彼女は大口を開けて笑い出した。

「男性かもしれないよ？」

もしかして本当に男性なの？

まじまじと見つめていたら、彼女が噴き出した。

「あんたって、考えていることがすぐに顔に出るんだね」

指摘され、からかわれたのだとわかって、頬が熱くなる。

「賢者なんて呼び名は、街の人間が勝手につけたのさ。他にも、『魔女』だのいろいろあるみたいだけど、好きに呼んだらいいよ」

そこで一息ついたあと、彼女は言葉を続けた。

「だいたい、賢者と呼ばれていたのは私の祖父さ。もう亡くなってしまったけどね。その名残《なごり》で私までそう呼ばれるが、私はそんなにたいしたことはできない。せいぜい、人を占《うらな》ったり、薬を処方したりするぐらいさ」

なら、帰還の儀式についてもあまり知らないのだろうか。私の焦りが表情に表れたのだろう、賢者様が真面目な顔になる。

「あんたがこの場所にたどり着けたのは、強い思いがあったからだ」

「え？」

「この場所には祖父の魔術がかかっているんだ。遊び半分で来た連中にイタズラをされても困るから、祖父が結界を張った。なにかをしたい、知りたいという強い思いがなければ、ここまではたどり着けないはずだよ」

強い思い……それは私の？　それともリカルドの？

考え込んでいる私に、賢者様は笑いながら声をかけてきた。

「だからね、話ぐらいは聞いてあげるよ。話してごらん、元聖女さん」

突然、聖女であったことをずばりと言い当てられて、息が止まりそうなほど驚く。

「さっき、言っただろ？　祖父ほどの力はなくとも、占《うらな》いはするって。今日のことを占《うらな》ったら、あんたが聖女をしていた時の姿が、一瞬脳裏に浮かんだだけさ。ここまで訪ねてきたってことは、なにかあるんだろう？　男共は外に放り出したし、ここは女同士の話をしようじゃないか」

彼女になら、相談してもいいかもしれない。

そう思った私は、今までの出来事を話した。

聖女として、一年の契約を結んだこと。帰還の儀式が失敗して、まだこの世界にいるということ。

全てを話すと、胸の奥のつかえがとれたように、すっきりとしていた。

彼女は時折、相槌《あいづち》を打つだけで、静かに話を聞いていてくれた。そして聞き終わると、席を立つ。戻ってきた彼女の手には、カードが握られていた。

「このカードを使って占《うらな》わせてもらうよ」

そう言って彼女が見せてくれたカードは、タロットカードに似ていて、綺麗な絵が描かれている。

カードをシャッフルした彼女に言われるがままに、数枚のカードを選んだ。彼女はそれを一枚ずつめくっていく。

「まずは過去。栄光を手にしたように見えても、泣いているね。はたから見ればうらやましい生活でも、あんたはたくさんのことを犠牲《ぎせい》にし、我慢していた」

淡々と口にされる内容には、身に覚えがあった。

聖女と呼ばれ、かしずかれる生活。でも、制約がたくさんあり、我慢の連続だったのは確かだ。

「そして現在。ああ、迷っているね。新しいことを始めたい気持ちと、不安が入り乱れている。だけど、救いの手を差し伸べてくれる人もいるよ。なんでも一人で抱え込まないで、周囲に助けを求めること」

次に彼女は、未来を示すカードをめくった。それを見て、彼女は眉をひそめる。

「未来には、ちょっとした波乱があるかもね」

「どういう意味ですか?」

私は焦った。今でさえ波乱続きだと思うけれど、まだなにかが起こるの？

不安になっていると、彼女はさらに別のカードをめくる。

「責任ある役、周囲の期待。同時に嫉妬《しっと》も受ける。いろんな意味で人から注目されるね。だけど、人々の感情をまともにくらってはダメ。あんたは優しいから、すがられることが多い。でも、嫌なことは嫌って断ってもいいんだ。そうすることで道が開けるって出ているよ」

「はい」

嫌なことは断れる勇気。私にはそれが必要なのだと、胸に刻もう。

「占《うらな》いなんて、その人の運命を決定づけるものではなくて、ただのサポートにしかすぎない。この助言を生かすかどうかは、あんた次第だよ」

カードを見つめていた彼女が、急に顔を上げる。

「それにリカルド、って言ったよね。あの彼」

そう言って窓の外を顎《あご》でしゃくったので、うなずいた。

「彼のことは好きなの？」

「えっ!?」

唐突に聞かれて、言葉に詰まる。ジッと私を見つめていた彼女はしばらくすると、フッと笑った。

「ああ、ごめん。いきなりすぎたね。答えなくていいよ」

けれど、弁解せずにはいられない。

「違うんです、彼は私が聖女時代に護衛役だった人で……」

「ああ、もういいから」

笑う彼女に、全てを見透かされているみたいで、なんだか悔しい。だけど認めてはダメだし、感情を閉じ込めた蓋を開け放ってしまってはいけない。

「お節介ついでにもう一つ。あんたとあの彼は、同じような思考の持ち主だ。相手のことを考えるばかりに、自分の感情から目をそむけようとする。でも、時には自分の感情に素直になった方が、いい方向へいくよ。あんまりわがままばかりはダメだけど、あんたたちはわがままになったぐらいがちょうどいいのさ」

そう言って笑う賢者様に、大事な質問をぶつけてみた。

「帰還の儀式についてなのですが、失敗した理由があるのですか？」

すると賢者様は、真面目な顔になった。

「それは私も引っかかっている。城に仕えているのは一流の魔術師だ。彼らが失敗するなど、ありえない」

でも、現に失敗している。賢者様の目の前にいる私が、その結果だ。

「失敗したとなれば、それは意図的なものだろう」

「意図的？」

「ああ。わざと成功させなかった。または、成功させてはならない理由があったのだと思う。つまり、あんたに帰られたら困る誰かがいたということ」

思わず絶句した。そんな可能性は、想像すらしていなかったのだ。

確かに皆から、この国に残ってほしいと説得されたけれど、最後には私の意見を尊重してくれた。その裏で、そんなことを考えていた人がいたかもしれないとは。

「そんな……」

表情が曇《くも》った私を見て、賢者様はフッと笑う。

「でも、それがどんな意味を持つにせよ、悪いことばかりではないかもしれないよ」

そう言って窓の外へと視線を投げたので、私もつられてそちらを見る。

窓の向こうのハーブ畑では、ハリスがハーブを摘《つ》んでいた。そして、そこから離れた位置に立ち、こちらを見守っているリカルドの姿もある。

「ふふ。彼、とてもあなたを心配しているね。それは、ただの義務感とは違う感情によるものかもしれない」

意味深な賢者様の言葉を聞きながら、うつむいてぼんやりと思う。

まさか、私を元の世界に帰したくないと思っていたのはリカルドなの？　だとしたら、それはどうして……？

脳裏によぎった考えを、すぐさま振り払う。

いや、そんなはずはない。もし私を帰したくないと思っていたのなら、儀式が行われる前に止めていたはず。リカルドは帰らないでほしいとは一言も口にしてない。それどころか、彼にはルイーゼという婚約者がいる。

様々な考えがぐるぐると頭の中を回るけど、考えても答えは見つからない。

私は深く息を吐き出すと、ゆっくりと顔を上げた。

「ありがとうございました。賢者様」

お礼を言うと彼女は肩をすくめて微笑んだ。

「どういたしまして。せっかくここまで来てくれたのに、祖父がいなくて申し訳ない。だけど私の言ったことは人生を歩む上での一つの指針だと思って、お役に立ててもらえたら嬉しい」

「はい」

それから賢者様はリカルドとハリスを呼び戻した。私はリカルドと共に、二人に暇《いとま》を告げる。

もっとゆっくりしていけばいいとお誘いを受けたけれど、従者を待たせているのだ。従者も、森の奥深い場所で一人帰りを待つのは不安だろう。私たちは彼女に心ばかりのお礼を渡して礼を言い、その場をあとにした。

そして再び、リカルドと森の奥深く、馬車を待たせている場所を目指して歩く。その最中に、リカルドから質問された。

「なにか聞けたか？」

「ええ」

本当は、そこで口にしたかった。

『帰還の儀式が失敗したのは、誰かの思惑があったからかもしれない』って。

だがそれを言うということは、誰かを疑うということだ。リカルドにも心配をかけてしまう。なので、今はまだ言うべき時ではないと判断した。

「占《うらな》いをしてもらったの。これから先、波乱が起きるかもしれない、って」

そう告げた時、隣を歩いていたリカルドが、足をピタリと止めた。そしてジッと私の顔を見つめる。

「どうしたの？」

私も足を止め、彼の顔を見つめ返した。

「波乱とは？」

「詳しい内容まではわからないけれど、私自身も固く意思を持たないとダメみたいね」

曖昧《あいまい》な答えを返すと、リカルドは目を見開いた。そして、強い口調で言い切る。

「なにかあったら、俺を頼れ」

懐かしいその台詞《せりふ》を聞き、胸の奥がギュッとしめつけられた。

『俺を頼れ』

それは聖女時代、彼からよく言われていた言葉だ。

『俺が側にいる』

『俺が守る』

そんな優しい言葉をかけられるたびに、魔法をかけられたように、心が落ち着いていった。

だが、彼は義務感から口にしているだけ――

それを思い知らされたのは、ルイーゼからの牽制《けんせい》の言葉を聞いた時のことだ。

『彼は世間知らずなあなたの相手に疲れているみたいだから』

当時は、頼りにしていたリカルドに突き放された気持ちになったけれど、思えば、現実を知るいい機会でもあった。

責任感の強い彼は、異世界の地に喚《よ》ばれた私を憐《あわ》れんでいるだけ。公私混同してはいけない。

守ると言われても、自惚《うぬぼ》れてはいけない。好きだと言われた訳じゃない。

聖女という役割を担《にな》う私が、安心してその務めを全《まっと》うできるようにするのが、彼の仕事。

だから私が聖女という役割を終えた今、彼の仕事も終わったのだ。

なのに私を庇《かば》ってくれているのは、同情からなの？　それとも他に理由があるの？

聞きたいけど聞けずに、沈黙する私を、リカルドはジッと見つめている。

交差する視線を先に逸らしたのは、私の方だった。

「ありがとう。でも無理はしなくてもいいから」

感謝すると共に、それとなく距離をとった言い方をする。これは私自身にも言い聞かせた言葉だ。

リカルドに迷惑をかけてはいけない。彼の言葉を鵜呑《うの》みにして、調子にのってはいけない。彼の義務感からくる優しさを勘違いしたら、あとで傷つくのだから。

「行きましょう。従者の方を待たせているわ」

そして、私は再び歩き出した。

先ほどから踵《かかと》がヒリヒリと痛むのを堪《こら》えながらも、足を動かす。

だが、リカルドは立ち尽くしたままだ。不思議に思って振り返り、声をかけた。

「どうしたの？　早く行きましょう」

すると、彼がこちらに近寄ってきた。そして、体が宙にふわりと浮き、視線が反転する。

「リ、リカルド」

リカルドが、いきなり私を横抱きにしたのだ。

「お、下ろしてちょうだい」

リカルドの胸板と自分の顔が接近していることが、恥ずかしくてたまらない。

だが、リカルドは涼しい顔でつぶやく。

「頼れと言ったばかりなのに、まったくお前は……。先ほどから、無理をしているだろう」

やはり彼には見抜かれていたらしい。彼は私が踵《かかと》の痛みを堪《こら》えていたことに、気づいていたのだ。

「なぜ早い段階で言わない。いつもそうだ。お前は一人で無理をする」

責めるというよりも呆れたような口調に、ばつが悪い。

「だって、我慢できるかと思ったのよ」

恥ずかしすぎてリカルドの顔が見られない。まさかこの横抱きのまま、馬車まで戻る気？　それだけは勘弁してほしい。私は踵《かかと》の痛みを認めつつも、リカルドに下ろしてほしいと願った。彼は少しの沈黙のあと、私をそっと地面に下ろす。

そして私に背を向けて、しゃがみ込んだ。

「ほら」

「えっ？」

早くしろと言わんばかりに、横目でチラリと見られた。横抱きの次は、私をおぶっていくつもりなの？

「大丈夫よ。私は歩けるわ」

だが、彼も譲らない。しばらく言い合いが続いたあと、小さくため息をついたリカルドが言った。

「では選べ。横抱きにされるか、大人しくおぶさっていくか」

「そ、そんなこと……」

「従者を待たせている。それにもう、約束した時刻が迫っているぞ」

確かにゆっくりと歩いていては、時間に遅れそうだ。しばらく悩んだあと、私は渋々ながら決断した。

「じゃあ、背中で」

そう答えて、彼の背中にしがみつく。

リカルドは私を背負ったまま、ヒョイと立ち上がって歩き出した。

彼の広い背中にしがみついていると、嫌でもその体温を感じてしまう。心臓がドキドキして、鼓動は速さを増すばかり。

彼に顔を見られていないことだけが、唯一の救いだった。きっと今の私は、首まで真っ赤になっているはず。

「リカルド、ごめんなさいね」

彼の背中でつぶやいた。その言葉を聞き、リカルドが答える。

「俺の方こそ、悪かった」

「え？」

「こんなに長い時間歩くことになるとは思わなかった。知っていたのなら、もっと準備ができたのに。すまない」

なぜ彼が謝るのだろう。そんな必要などないのに。

彼の優しさに胸の奥が温かくなると同時に、苦しくもなる。

この優しさは私――サヤに向けられているものではない。

元聖女という肩書を持つ人間に対し、護衛という役割だった者として向けているものだ。

バカね、もう終わってしまったことなのに――

本来、私たちの関係は、私が帰ると決めた時点で終了していた。

聖女でなくなった私に、ここまでよくしてくれる必要などないのよ。

そう伝えた方がいいのかもしれない。

でも、そうしたら本当に彼との関係が途絶えてしまうような気がして、言えずにいる。

結局、私は臆病者《おくびょうもの》だ。

薄暗い森の中、彼の背中の体温と手の温もりを感じる。

ため息を一つつくと、そっと目を閉じ、遠慮がちにその背中に体重をかけた。

ピタリと張り付いた瞬間、リカルドの背中がビクリと揺れた気がする。

ああ、今だけは彼の優しさに甘えてしまおう。この温もりも、本来ならもう感じることがなかったはず。断ち切ったつもりでいたのは自分なのに、こうやって寄りかかるなんて、とてもズルいことだとは思うけれど。

そう自覚しながらも、彼の背に寄り添い、そっと目を閉じた。

そして、馬車の従者と合流する。従者は戻ってきた私たちを安堵の表情で迎えてくれた。誰だって、こんな森の奥深くで一人寂しく待っているのは不安だろう。申し訳ないことをしたと思いつつ、馬車に乗り、帰路につく。

屋敷についた頃には、もう日が暮れかかっていた。

使用人一同の出迎えを受けたあと、リチャードさんがリカルドに近づいてくる。

「リカルド様、少しよろしいですか？」

二人はその場で、なにやら話し始めた。

なんとなく聞いてはいけないと思ったので、出迎えてくれたシェルについて部屋に戻る。

「お帰りなさいませ、遅かったのですね」

「ごめんね、心配かけてしまったわね」

するとシェルは、大袈裟なぐらいに両手を振った。

「とんでもございません！　遅くまでお二人の時間を楽しんでいらしたのなら、それは大変喜ばしいことですわ」

やはりシェルは、いや、屋敷の皆は、私たちの関係を誤解しているのだろう。一度説明したのだけど、まだ疑っているらしい。こっそりと小さくため息をついた。

「サヤ様、お疲れでしょうから、先に湯あみをなさいますか？」

彼女の申し出をありがたく受けることにして、先に湯を浴びる。

そして湯あみをしたあと部屋に戻ると、シェルがなにやら薬を手にしてやってきた。

「失礼します、おみ足を見せてください」

「それはいったいどうしたの？」

シェルが持っているのは、軟膏《なんこう》のようだ。

「サヤ様の靴で擦《す》れてしまった傷口に、お薬を塗るように、とのことですわ」

そう言ってシェルはニコッと笑った。

「本当にお優しい方ですよね、リカルド様は。私もあの方に仕えることができて、光栄ですわ」

にこにこと語る彼女が、私の踵《かかと》にできた擦り傷に薬を塗ってくれる。

シェルが触れた瞬間、傷口がピリッと痛んだけれど、明日にはよくなりそうだ。そんな気がした。

「ありがとう。ところでリカルドは？」

彼にもお礼を言いたいと思ったのでたずねると、彼女は眉間に皺《しわ》を寄せた。

「それが、リカルド様は先ほどお出かけになられました」

「えっ、出かけたの？」

私でさえ疲れているのに、私を背負って歩いたリカルドはそれ以上に疲れているだろう。それなのに私だけ湯あみをして休んでいるだなんて、申し訳なくなった。

「なんでも急用とかで、お城から遣いが来たのですわ。私に、サヤ様にお薬を塗るように言いつけると、その足で出ていかれました」

急用とはいったいなんなのか。また、城からの遣いというのがとても気になる。

明日では間に合わない大事な話なのかしら。気になるけれど、私に口を挟む権利などない。

「薬のお礼を言いたかったのだけど、明日にするわ」

私がそう言うと、シェルがうなずいた。

「今夜は何時にお帰りになるかわからないので、それでいいと思いますよ」

「じゃあ、今日は早めに休ませてもらうわ」

口ではそう言ったものの、城からの急な呼び出しの件がずっと心に引っかかっている。

だからか、その夜は疲れているのに、なかなか寝付けなかった。

結局リカルドは、私が起きている時間帯には帰ってはこなかったのだった。

第三章　次代の聖女

翌日、日の光が部屋に差し込む頃、私はいつもの起床時間よりも早く目を覚ました。

今日は教会へ向かう日だ。

ベッドから起き上がり、顔を洗う。

リカルドは昨夜、何時頃に帰宅したのだろう。さすがにもう帰ってきているわよね？

心配していると、扉がノックされた。

「おはようございます」

「おはよう、シェル」

いつもと変わらぬ笑顔を向けてくるシェルと挨拶《あいさつ》を交わしたあと、聞いてみる。

「リカルド、昨夜は遅かったのかしら？」

それを聞いたシェルの顔が、若干曇《くも》った。

「それがリカルド様は、昨夜は城に泊まられたらしいです」

その答えに、私も不安になる。なにが起きているのだろう。

「でも大丈夫ですよ！　これまでも、城にお泊まりになることはたびたびありましたので。最近は、お屋敷に帰ってこられる日が多かったのですけどね。きっとサヤ様がいるおかげですよ」

シェルはそう言うけれど、聖女の護衛という役目を終えたから屋敷に戻ってこられるようになったのが真相かもしれない。

リカルドのことが気になってしまうが、どうすることもできなかった。彼の帰りを待つだけだ。

そして、私はいつものように教会へ向かう準備をする。リカルドから言付けられたらしく、馬車は用意されていた。

馬車に揺られ、久々に一人で教会へ向かう。付き添いの人は、御者《ぎょしゃ》と一緒に外なのだ。

リカルドがいない分、いつもより馬車内が広く感じられる。これまでだって、私とリカルドは教会へ向かう間ずっと会話をしていた訳じゃないけれど、なんだか寂しくなってしまう。目の前に彼が座っていることを、いつの間にか当たり前だと思い込んでいたみたい。

静かな馬車内で、私は到着するまでそっと目を閉じた。

「あっ、サヤお姉ちゃんだ」

教会に到着すると、前庭を掃《は》き掃除していた子供たちが私に気づき、駆け寄ってきた。

「おはよう。掃《は》き掃除して偉いわね」

子供たちは照れたように笑う。

「おはようございます、サヤさん」

「おはよう、マルコ」

教会の扉が開き、水の入った桶《おけ》を手にしていたマルコとも挨拶《あいさつ》を交わす。彼は拭《ふ》き掃除をしていたようだ。

続いてアルマン神父が顔を出す。

「サヤさん、おはようございます」

アルマン神父は、釘と木の板を持っていた。不思議に思って首を傾げると、アルマン神父が苦笑する。

「屋根から雨漏《あまも》りがするので、修理していたのですよ」

すると、マルコが慌て出した。

「ダメですよ！　それは僕がやりますから!!」

「大丈夫ですよ、マルコ。これは大人の仕事ですからね。君がケガでもしたら大変だ」

やんわりと断るアルマン神父の目は、優しさにあふれている。

こうやって集団生活の中でお互いを思いやりつつ、皆の手で教会を修理したり掃除をしたりしている彼らを見ていると、微力ながら力になりたいという気持ちが湧いてくる。

「綺麗になった礼拝堂で、今日も頑張って歌おうね」

そう声をかけると、子供たちも張り切った声で返事をしてくれた。

そして、いつもの服装に着替え、讃美歌《さんびか》を歌う。今日も大勢の方が聞きに来てくれて、礼拝堂は満員だった。

やはり、歌うことが大好きだ。歌っている間は嫌なことも忘れられる。

自分の歌を聞きに来てくれる人がいるということが嬉しい。そんな感謝の気持ちを、歌に託した。

そうして気分よく歌い上げ、迎えの馬車に乗って屋敷へ帰る。

さすがにリカルドはもう帰ってきているだろうか。そんなことを考えつつ馬車を降りると、玄関の前に一台の馬車が停まっていた。

それを見て、リカルドが帰宅したことを知る。

やっと帰ってきたの？　やはり、なにかあったのかしら。

玄関の扉をそっと開けたところ、一番に出迎えてくれたのはリチャードさんだった。

「お帰りなさいませ、リカルド様がお待ちです」

リチャードさんは少し慌てている様子にも見えた。

彼にローブを渡した私は、そのまま真っ直ぐ行って突き当たりの部屋に案内される。

そこはリカルドの書斎だった。

ノックをすると、中からリカルドの低い声が聞こえた。

リチャードさんが扉を開けてくれたので、彼にお礼を言い入室する。

リカルドは椅子に深く腰かけて、天を見つめていた。なにかを考え込んでいるような表情だ。

だが、私が部屋に入ると、スッと椅子から立ち上がる。

近づいてみて、彼の眉間に皺《しわ》が刻まれていることに気づく。それに心なしか顔色が悪く、疲れて見えるので、心配だ。

「昨日、あのあと出かけたって聞いたわ。ゆっくり休めたの？」

すると、リカルドは口の端を少しだけゆがめて笑い、一言、大丈夫だと答えた。

恐らく嘘だ、休めていないのだろう。彼は私に心配かけまいとしているのだ。

少しぐらい、弱音を吐いてくれてもいいのに――

いつも彼に支えられていた私は、そんな風に思ってしまった。

だが、すぐにその考えはおかしいと気づく。

バカね、私ったら。リカルドが私に甘えることなんてないわ。他に相手がいるじゃない。ルイーゼになら、弱音を吐くことがあるのかしら。そう思って、唇をぎゅっと噛みしめた。

「それでどうしたの？　私に話があるのでしょう？」

きっとそうだ。そして、それは私に言いにくいことなのだと察した。

だからこそ、彼は思い悩んだ様子でいる。

ならば、彼の負担にならないよう、あえて気丈に振る舞わなくては。

リカルドは一呼吸置いたのち、私の目を見て口を開いた。

「城に呼ばれている。エルハンス様がサヤを連れてこいと」

エルハンスの名を聞き、ついにこの時がきたのだと思った。

もう二度と戻らぬつもりで行った帰還の儀式の場で、さよならを告げた王子エルハンス。いったい、どんな顔で会えばいいのだろう。

「そう……」

私は返事をするだけで精一杯だった。

そもそも、城へ行ったあとは、どうなるのか。

様々な感情が胸に湧き上がってくる中、リカルドがなにかを言おうとする。私は聞き逃さないようにと顔を上げ、ジッと彼の目を見つめた。

「次代の聖女が現れた」

リカルドの口から出た言葉に衝撃を受けてしまう。驚いて目を見開いた私と真っ直ぐ目を合わせ、リカルドが続ける。

「我々も驚いている。このような短期間で次代の聖女が現れることは珍しい」

じゃあ、もしかしてリカルドは、また聖女の護衛役になるの？

私に接していたのと同様に、新しい聖女の世話を焼き、時には八つ当たりをされたりしながらも、側で仕えるのだろうか。

屋敷にも帰らず、城で過ごす時間が多くなるの？　新しい聖女と行動を共にするの？

――私と離れて。

自分の中に醜《みにく》い感情が湧き上がり、目まいがしてきた。

一人、この場に取り残されたような感覚。でも、最初は一人だったんだから、この感情も乗り越えられる、きっと。

私はギュッと唇を噛みしめて、努めて明るい声を出した。

「それと――」

「この国の人にとって、聖女様ってありがたい存在なのでしょう？　エルハンスたちも喜んでいるんじゃないかしら」

そう、皆が喜ぶはずだ。

たとえそれが、私のように異世界から迷い込んだ女性であったとしても、国民は祝福してくれるだろう。

「今回、護衛につくのはギルバートらしい」

「ギルバートが？」

護衛役はリカルドじゃない。それを聞き、ホッとした自分がいた。

「新しい聖女は聖なる湖のほとりに倒れていたのだとか。最初に見つけたのはギルバートだ」

聖女は、聖なる湖のほとりに現れると言い伝えられている。

実際、私も湖の側に倒れていたところを周辺を巡回していた兵士が見つけ、城へと運ばれたそうだ。

その湖は、祈りの塔の最上階からよく見える。一般人は近寄ることはできない場所だった。

吸い込まれそうなくらいに透明感のあるエメラルドグリーンで、晴れた日は光が反射して、遠くからでも水面がキラキラと輝いていたっけ。

「明日、王とエルハンス様のもとへ向かうことになる」

そう言ったリカルドに、ゆっくりとうなずいた。

一応、いつかは呼ばれるだろうと覚悟していたのだ。ただ、思っていたよりも自由な時間が長かったので、もしかしたら呼ばれずに済むかもしれないと考えたりもしていたが。

「ねえ、リカルド。少しだけ休んだらどう？」

新しい聖女の出現、城は混乱と騒ぎの最中だろう。

これから忙しくなりそうだからこそ、ちょっとでも休んでほしい。

だが、苦笑するリカルドには休む気がないように見える。

だったら強制的に休ませるまでだ。

そこで私は彼の左手首を掴み、側にあったソファに腰かける。そして、彼の手首にグイッと力を入れて引いた。

「休んで。座って目を閉じているだけでもいいから」

いつもよりも強引な私の口調に、リカルドも驚いたみたいだけれど、大人しく言うことを聞いて、ソファに腰かけてくれた。このままゆっくりとしてほしい。

「目を閉じて、ソファに倒れて」

そう声をかけると、彼は言われるがまま目を閉じて、ソファに深く身をもたれさせる。

美麗な顔を上に向けた彼のまつ毛の長さに、しばし見とれた。

私は息を吸い込み、ゆっくりと吐き出したあと、そっと歌を口ずさんだ。

子守歌ではないけれど、少しでも彼が休んでくれるのなら――

願いを込め、彼にだけ聞こえる声で祈りの歌を歌い続ける。

歌声に気づいたリカルドは目を閉じたまま、薄く笑った。

そのうちに肩に重みを感じたので横を見たら、端整な顔がすぐ近くにあってドキリとしてしまう。

私の肩がちょうどいい枕になっているようだ。

リカルドの全身から爽《さわ》やかな香りを感じて、落ち着かない。

鼓動が一気に速くなり、この音が彼に聞こえてしまわないかと心配になる。

だが、彼は安らかな寝息を立て始めていた。こんな短時間で眠りに入るとは、よほど疲れていたのだろう。

余計に心配になると同時に、少しでも長く眠っていてほしいと願う。

いつも冷静で大人な彼だけど、寝顔は無防備だ。長いまつ毛にスッと通った鼻筋、薄い唇。寝息と共に軽く上下する厚い胸板。

ああ、いつも頼ってばかりいた私だから、多少でも彼の役に立ちたい。

言葉にはできないその想いを歌の調べにのせて、彼の寝顔を見つめつつ、小さな声で歌い続けた。


翌日、城への出発を控えた私は、早朝からシェルに磨き上げられていた。

「このドレス、とても素敵ですわ」

彼女の手によって、次々とアクセサリーがつけられ、化粧を施《ほどこ》されていく。普段は下ろしている髪もアップにして、高く結い上げられた。

淡い青色のドレスは繊細《せんさい》なレースが施《ほどこ》されたもので、シルエットが美しい。肩と胸を大きく出したデザインで、胸の辺りにはシフォンのフリルを重ねている。薄いレースをたっぷり使ったドレスは、仕立てがよくて高価そうだった。

「本当に肌がつやつやしていますね。はい、できましたわ。リカルド様の反応が楽しみですね」

シェルはまるで私を着せ替え人形のように仕立て上げ、喜んでいる。彼女が選んだパールのネックレス、小さな花がデザインされたイヤリングなどの装飾品を身につけたあと、鏡の前に立つ。

久々に着飾って肩が凝《こ》るけれど、文句を言ってはいられない。

階段を下り、エントランスフロアへ向かうと、その先にリカルドがいた。人の気配に気づいたのか、彼がゆっくりと振り返る。

視線が絡み合うと、彼は一瞬だけ口を開けた。そのままジッと私を見つめてくるリカルドに、緊張で階段を下りる足が震えてしまう。

リカルドは私が前に立っても、こちらを見つめたままだ。なんだか気恥ずかしい。

なにか言ってほしいと思っていたところ、側に仕えていたリチャードさんが微笑んだ。

「お美しい、サヤ様。リカルド様が見とれていらっしゃる」

いきなりなにを言い出すのかと焦っていると、リカルドはフッと笑った。

「そうだな」

あっさりと認めたけれど、それは冗談よね？　リチャードさんの悪ふざけにのってみただけでしょう？　そう考えながらも、私は鼓動が速くなるのを感じていた。

「では行くか」

スッと出されたリカルドの手を取ると、ギュッと握りしめてくれる。

手袋ごしの体温を感じ、変に意識してしまう私。どんな表情をすれば動揺を隠せるだろうか。

「お似合いの二人ですな」

リチャードさんのお世辞を聞き、緊張がさらに加速する。

「リチャード、行ってくる」

リカルドはそう言うと横目でチラリと私を見て、目を細めて微笑んだ。

「お気をつけて、いってらっしゃいませ」

静かに頭を下げたリチャードさんに見送られ、私たちは屋敷をあとにした。


それから、リカルドと共に馬車で城へと向かう。

久々に皆の前に顔を出すとあって、私はかなり緊張していた。口数も少なくなり、リカルドと対面しつつもなにも話せないでいる。

リカルドは私の緊張を感じとったのだろう、こともなげに告げてきた。

「そこまで構えなくても大丈夫だ」

「でも……」

そんなことを言われたって無理だ。どうしても固くなってしまう。

すると、リカルドは人差し指を私に向けてきた。

なにをするのかと訝《いぶか》しんでいたら、彼はその指でそっと私の額《ひたい》に触れる。

「眉間に皺《しわ》が寄っている」

そう言いながら笑うリカルド。私は恥ずかしくなり、両手で額《ひたい》を隠した。

「肩の力を抜いていけ」

優しげに微笑むリカルドは、私を和《なご》ませようとしているのか、頭を優しく撫でてくれた。

彼が側にいるという安心感に包まれ、私はちょっと肩の力を抜いて質問する。

「エルハンスや、城の皆は元気かしら？」

ささいな会話のつもりだったが、リカルドが弾かれたように顔を上げた。彼は瞬《まばた》きをしたあと、意を決したみたいに口を開く。

「会いたいか？　エルハンス様に」

いつになく真剣な面持《おもも》ちのリカルドに、うなずきながら答えた。

「ええ、久しぶりだから緊張しちゃうけどね」

私に優しく接してくれたエルハンスとの再会は、嬉しくもある。すると、リカルドは馬車窓の外に視線を投げ、つぶやいた。

「そうか……」

まるで、なにか考え込むような素振りだ。私はその態度を不思議に思いながら、馬車内に響く車輪の音を聞いていた。

そして城へ到着し、カルタス家の紋章入りの馬車は兵士に止められることなく立派な門をくぐる。

馬車を降り、そびえ立つ重厚な石造りの城を前にしてドキドキしていると、そんなひまはないとばかりに、すぐさま王の間へと案内された。

王の間の扉の両隣には兵士が立っていて、リカルドが近づくと敬礼をし、二人がかりで扉を開く。

扉が開いた先の世界の眩《まぶ》しさに、私は目を細めた。

太陽の光が差し込むように設計された王の間は、天井から光が注いでいる。

立派な王座に腰かけているのは、この国の王だ。

寡黙《かもく》な方で、そこにいるだけなのに威圧感が半端《はんぱ》じゃない。王が視界に入って、なおさら緊張してしまう。

敷かれた赤い絨毯《じゅうたん》は、真っ直ぐに王座まで続いている。私はリカルドにエスコートされ、絨毯《じゅうたん》を踏みしめた。

王の前までたどり着き足を止めると、リカルドが頭を垂れたので、それに倣《なら》う。

「サヤ、久しぶりだな」

「お久しぶりです」

王から声をかけられ、頭を下げたまま答えた。

「なに、そう固くならずに、頭を上げよ」

許可が出たので、そっと頭を上げる。王の隣にはこの国の王子、エルハンスが立っていた。

柔らかな金の髪を持ち、瞳の色は空の青さを連想させるコバルトブルー。相変わらず整った顔立ちで、立ち振る舞いにも品がある。

「このたびは、帰還の儀式が成功したとばかり思っていた。だが、街で暮らしていたと聞き、驚いたぞ。もっと早くここを訪ねてくればよかったものを」

王から気遣いの言葉をかけられ、少し後ろめたく感じながら口を開いた。

「いえ、私が好きで街に滞在していたのです」

儀式が失敗して途方に暮れたのは確かだけど、その後の生活は自分で選んだのだ。それに、決して苦労ばかりしていた訳じゃない。

その後は王からいくつか質問をされたので、正直に答えた。

しばらくすると王はうなずき、エルハンスへと視線を向ける。

「今後のことはエルハンスと話をするといい」

そう言うと王は退席した。忙しい方だから、今回の件は息子に任せているのだろう。エルハンスは王からの信頼が厚いのだ。

王が退席したあと、エルハンスが声をかけてきた。

「久しぶりだね、サヤ」

「お久しぶりです、エルハンス様」

堅苦しい挨拶《あいさつ》をすると、エルハンスはわざとらしく大きなため息をつく。

「まったく！　僕はこう見えても、ちょっと腹を立てているんだよ。どうしてかわかる？」

腰に手を当てて私を見るその表情は、少し険しい。

だが、彼が怒るのはもっともだった。

「申し訳ありません。すぐにでもお訪ねすればよかったものの、いろいろ考えていたら遅くなってしまいました」

心を込めて謝罪すると、エルハンスはすぐさま表情を崩した。

「でも、また会えて嬉しいよ、サヤ」

優しく微笑んでくれたエルハンスに、私もつられて微笑む。

するとエルハンスの後方に控えていた男が、一歩前に出る。

「サヤ、皆が心配していたよ。もちろん私も」

ストレートに伸びた黒髪を紐で一つにくくった、切れ長の目の彼は、侯爵家子息のギルバート。

彼も、聖女となった私にリカルドと共に仕えてくれていた。

ギルバートは優しく物腰も柔らかい。だが私は彼が苦手だったので、護衛役にリカルドが任命された時は、申し訳なくもホッとしたものだ。

「ここではなんだから、移動しよう。そう固くならずに、今後のことを話し合おうか」

エルハンスの申し出を受けて、ゆっくりとうなずいた。

王の間から移動した先は、城の一室だった。豪華な調度品が置かれているところからして、客間だろう。

エルハンスはソファに腰かけると、長い足を組む。

「さてと、サヤも座るといい。ああ、リカルドも座ってくれ。ギルバートは彼女を連れてきてくれないか」

テキパキとその場を仕切るエルハンスの指示に従い、それぞれが動き出す。

私もエルハンスの前に座り、彼を改めて見つめた。すると、彼は笑顔で言う。

「元気そうだね。安心したよ」

「エルハンス様も変わりなくて、安心しました」

「ほら、少し離れただけで『エルハンス様』だなんて、他人行儀な。いつも言っていただろう？　公《おおやけ》の場以外ではエルハンスと呼んでくれ、と」

変わらない彼の言葉を聞き、苦笑しながらも返事をした。

「わかったわ、エルハンス」

彼は王子という立場だけど、気さくに話しかけてくれる。社交的な性格なので親しみやすく、皆に好かれていた。

「サヤ、もうすでにリカルドから聞いていると思うが、もう一度僕の口から説明させてくれ」

なにを言われるのかは、おおかた予想がついた。

私がうなずくと同時に、エルハンスが話を始める。

「次代の聖女が現れた」

予想通りの説明の途中で、あることに気づいた。

なぜか、エルハンスは浮かない顔をしている。

聖女はこの国を守護する力を持つ者で、その出現は国を挙げて歓迎されるという話なのに。

彼の浮かない表情の理由は、なんなのだろう。

不思議に思っていると、エルハンスは深刻な表情をしてみせた。

「聖女が現れたことは、この国にとって大変喜ばしいことだ。だが問題があって……」

そこで言葉を濁《にご》す彼は、なにかを悩んでいる様子にも見える。ジッと見つめていると、エルハンスは視線を上げ、言葉を続けた。

「聖女はまだ十六歳というせいもあって、少し幼いんだ」

「十六歳……」

それならば、子供と大人のはざまだと思う。

彼女も、いきなり聖女と言われて戸惑っていることだろう。もしかしたら嫌だと突っぱねているかもしれないし、環境の変化についていけずに、泣き暮らしているかもしれない。かつての私がそうだったように。

エルハンスの話を聞きながら、当時の自分と重ねてしまう私がいた。

「彼女は、聖女としての務めをいまいち理解していない」

エルハンスはそう言って嘆《なげ》くが、それは当然だ。私だって最初は拒否をした。結局、最終的には受け入れるしかなかったけれど。

「いきなり聖女という大役を任されて戸惑っているだろうし、不安なんだと思う。私も、最初はどうやって過ごせばいいのかわからなかったわ」

一年前の自分を思い出しつつ、エルハンスをなだめる。

見知らぬ土地で突然聖女となり、不安だった日々。自分の立場を理解し、周囲にも目が向くようになったのは、時間が経って慣れてきてからのことだった。

護衛役のリカルドについてだって、最初は寡黙《かもく》でとっつきにくいと感じていた。いつも必ず側にいてくれた彼の優しさに気づいたのも、しばらく経ってからだ。

エルハンスは王子という立場だけど、私に威圧的に命令するでもなく、常に気にかけてくれた。

そんな彼らが生活し、大事に思っているこの国だからこそ、私も聖女としての務めを果たそうと思えたのだっけ。

新しく出現した聖女も、今は混乱していても、いつかは考えが変わるかもしれない。

「サヤ。君に頼みがあるんだ」

エルハンスがジッと私を見つめている。私は姿勢を正して彼の目を見つめ返した。

「聖女の面倒を、少しだけ見てくれないか？」

「私が？」

エルハンスの急な申し出に、驚いて聞き返す。

「君なら聖女を教育できると思うんだ。同性で、聖女を務めた経験がある。君の意見なら彼女も耳を傾けるかもしれない。こんなこと、君に頼むのはおかしい話だとはわかっているけれど」

私がエルハンスの言葉に耳を傾けていると、隣にいるリカルドが口を挟む。

「俺は反対です」

リカルドはエルハンスの顔を真っ直ぐ見据え、自身の意見を述べる。

「サヤは本来なら元の世界に戻り、この国にはいなかったはずです。それなのに、今まで聖女の教育係を頼むなど、彼女の負担になります。本当は、サヤはもう自由だったはずなのですから」

この言い方では、私を心配してくれていると思ってしまう。彼の気遣いは嬉しい。だけど、こんな風に優しくされると、勘違いしそうな私がいる——

「厳しいね、リカルド」

エルハンスは肩をすくめて苦笑する。

当然、エルハンスはリカルドより立場が上だ。だが二人は幼い頃からの知り合いだし、同じ年齢のためか、公《おおやけ》の場以外では対等に意見を交わす。エルハンスもそれを許しているし、リカルドの言葉に耳を傾けることが多い。エルハンスはリカルドに絶大な信頼を寄せているのだ。

「僕個人としては、サヤに頼むのは申し訳ないという気持ちがあるよ」

そこで、エルハンスはゆっくりと私の顔を見た。

「帰還の儀式に失敗し、挙句、『今の聖女の面倒を見てくれないか』なんて、虫のよすぎる話だ。だが、今代の聖女の体裁《ていさい》を整えることも、この国の王子としての使命だ」

エルハンスの瞳は、強い意思を宿している。

「肝心のサヤはどう思っている？　もし君が嫌だと言うのなら、無理強《むりじ》いはしない」

彼が私に頼む理由もわかるし、私自身、聖女の様子が気にかかっていた。だからこそ、迷わず返答する。

「引き受けたいと思います」

エルハンスの目を見て、はっきりと告げた。

「ありがとう！　君ならそう言ってくれると思っていたよ」

エルハンスが明るい声を出すと、場の空気が和《なご》み、穏やかになる。

彼は楽しそうな笑みで、リカルドに視線を投げた。

「まあまあ、そうにらむなよ。リカルドはサヤのことになると、途端に過保護になるのは変わらないな。そんなに心配か？」

つられて私もリカルドに視線を向ける。眉間に皺《しわ》を寄せていた彼は、私の視線に気づくと小さくため息をついた。

「お人好しめ」

「ごめんなさい」

せっかくリカルドが断りやすい空気を作ってくれたのに、引き受けてしまった。

そんな中、エルハンスが提案してくる。

「サヤには手当てとして、報酬を払うことを約束する。リカルドはサヤの近くにいてやってくれ」

「え、でも私は……」

もう聖女ではないので、リカルドが側についている必要はないはずだ。

戸惑っていると、エルハンスがあっさり言った。

「君に万が一のことがあったら悪いし、リカルドもその方が安心だろう。聖女の護衛役は、ギルバートに任せている。サヤは聖女の教育役として、彼女を導いてくれないか？特別難しいことを教える必要はない。普段、君が行っていたことを側で教えてやってほしい」

実際、リカルドが側にいてくれるなら、とても頼もしい。なので、エルハンスの申し出をありがたく受け入れた。

しかし、エルハンスは聖女を教育してくれと言うが、祈りの塔で祈るスタイルには、特に決まりがある訳じゃない。私自身、細かい手順は教わっておらず、ただ自分が決めたスタイル――歌を捧げることを行っていた。

あと、最初の頃は祈りを捧げるだけだったけど、慣れてくると時折、祭壇《さいだん》の周辺を掃除してみたり、小さな水桶《おけ》を持って塔に上り、女神像の側にある聖杯に水を注いだりしていた。そして三日に一度は祭壇《さいだん》に花を飾ったりと、やっぱり、自分のやりたいようにしていたものだ。

それでよければ、喜んで引き受けよう。

「一つだけお願いがあるんだけど……」

「いいよ。なんでも言ってほしい」

私の言葉に、エルハンスは真面目な顔になり、腕を組んだ。

「街の教会へ、歌い手の女性を派遣してほしいの」

せっかく人が集まるようになったのに、ここで再び歌い手がいなくなれば、また人々が離れていく心配があった。

自分で引き受けたことだから、聖女への指導のめどがついたら、また歌い手として戻るつもりでいる。その間だけでも、代打を立てたい。

そう説明すると、エルハンスはあっさりと了承してくれた。

「いいよ。君の代わりになる女性だね。明日にでも送り出すよ」

詳しくは聞いてこないところを見ると、私が、帰還の儀式が失敗してから街でどうやって過ごしていたのかなんて、全て把握しているのだろう。

きっと、リカルドが報告していたんだな。

「あとはなにかない？　なんでも言ってほしい」

そう質問してくるエルハンスを見て、苦笑してしまう。

「なんだか特別待遇ね」

「そうだよ。本音を言えば君には、一年という短い期間じゃなくて、ずっとこの国の聖女としていてほしかったからね」

聖女の期間は一年と定められている。これは昔からの決まりらしいが、期限つきだったからこそ私は頑張れたのだと思う。

「まずは新しい聖女を引き合わせるよ。そこからいろいろ教えてやってほしい。十日後に開催される聖女降臨《こうりん》の儀式までには間に合わせたいんだ。日程的に厳しいかもしれないが、なんとか形だけでも整えたいと思っている」

聖女の降臨《こうりん》の儀式とは、聖女がこの地に舞い降りたことを祝い、貴族たちに聖女をお披露目《ひろめ》する儀式だ。

だが、聖女が貴族たちの前に顔を出すのは一瞬で、あとは舞踏会と変わりない。

聖女は神秘的な存在なので、あまり素性を明らかにしないという決まりなのだとか。

「今回、ギルバートに護衛役を頼んでいる。なにかわからないことがあったら、彼に相談してもいい。それにリカルドも側にいる。君のために部屋を用意するから、そこに滞在してくれ」

「はい」

そう答えつつも、リカルドのお屋敷の人々が脳裏をよぎった。でも、これでいいのだ。私とリカルドについてのお屋敷の人たちの誤解も、私が出ていくことで解けるだろう。

「リカルド、君の部屋も用意する。サヤの近くにいてくれ」

そのエルハンスの申し出に、私は慌てた。

「だけど、それじゃあリカルドに迷惑が……」

私が勝手に聖女の教育係を引き受けたのだ。これ以上、リカルドには迷惑をかけられない。シェルも、彼が屋敷に帰ってくることが多くなったと嬉しそうだった。リカルドだって、慣れた屋敷がいいと思うだろう。

私は渋ったが、エルハンスは聞き入れてくれない。

「さっそく、部屋の手配をするから。必要な道具なども全て揃える」

そう言うと、彼はみずから誰かを呼びに行った。

扉がパタンと閉まると、リカルドと二人きりになった部屋を沈黙が包む。

隣に座る彼の顔をそっと見たところ、リカルドもまた、私を真っ直ぐに見つめていた。

彼の眼差《まなざ》しは、こちらを非難するような剣呑《けんのん》なものだ。

やっぱり怒っているのかしら。私が勝手に引き受けた挙句、私の側についているように命じられるだなんて、リカルドからしたら、いい迷惑だものね。

ここは素直に謝っておこうか。

そう悩んでいたら、先にリカルドが口を開く。

「……やはりエルハンス様には会わせたくなかった」

「えっ?」

思わず聞き返すと、リカルドは軽く首を振り、自嘲《じちょう》気味に笑った。

「いや、なんでもない。気にするな。俺の勝手な事情だ」

それ以上は語ろうとしないリカルドの考えが読めなくて、戸惑う。すると、リカルドは話題を変えてきた。

「それより聖女の教育係を引き受けてしまって、本当にいいのか？」

その言葉に、私は正直な気持ちを話す。

「私、一年前に自分が聖女だと言われた時、不安だったの。だから今回の聖女の話を聞いて、きっと彼女も不安だろうなと思ってしまって。私が話をすることによって、その不安が和《やわ》らぐのなら、会ってみたい」

「……」

「だけど、結果的にリカルドも巻き込んでしまうことになって、ごめんなさい」

謝罪のために、少し頭を下げた。

部屋を包む沈黙を怖く感じながらも目を閉じていると、急になにかが頭に触れてくるのを感じた。

驚いて顔を上げると、リカルドが私を見つめている。

彼は、私の頭をそっとひと撫でると、手を離した。

「お前が決めたことだ。別に、俺は構わない」

真剣な顔で言われ、リカルドの唇の動きから目が離せなくなった。

「だが、無理はするな。俺も側でお前を守るから」

優しい言葉をかけられて、胸がぐらつきそうになる。

けれど、この優しさもエルハンスに命じられたからだと、心に刻まなくては。そうしなければ、また自惚《うぬぼ》れて勘違いしてしまう。

これは彼の仕事だから。優しいのは元々の性格だから、勘違いしちゃダメ。

心の中で呪文のように繰り返し、自分自身に言い聞かせる。

しばらくして扉が開くと、エルハンスとギルバートが入室してきた。ギルバートが扉を手で支えながら、後方にいる人物へ中に入るよう指示をしている。

ギルバートの後ろからついてきたのは、幼さの残る女性だった。

ややクセが強い、広がり気味の長い茶色の髪に、目がパッチリとした可愛らしい顔立ちをしている。彼女は緊張しているのか、視線をさまよわせていた。無理もない、いきなり連れてこられた部屋で、大人に囲まれているんですもの。

エルハンスがその前に立つと、彼女の肩がビクリと揺れたのがわかった。

「こちらが神に選ばれし聖女だ」

紹介をされた聖女は、頭をぺこりと下げた。

私もソファから立ち上がると、彼女の前に立つ。

「こんにちは。私はあなたの教育係になったサヤよ」

スッと手を差し出したところ、彼女は少し迷った素振りを見せつつも、おずおずと私の手をとった。

「名前を聞いてもよろしいかしら？」

「……オリガ・コスタです」

やっぱり緊張しているのか、固い表情をしている。エルハンスがそんな聖女に声をかけた。

「オリガ、これからはサヤの言うことをよく聞いてくれ」

エルハンスにそう言われたオリガは、曖昧《あいまい》な笑みを浮かべたあと、私に向き直る。

「よろしくね、オリガ」

「……はい」

オリガの手を、親愛の意味を込めてギュッと握った。

「ではさっそく、サヤはオリガにいろいろと教えてやってくれ。女性同士、聞きやすいこともあるだろう。場所は、オリガの部屋を使うといい」

エルハンスの言葉に従い、私はギルバートの案内で、オリガと共に部屋の外に出た。

長い廊下を歩き、一室へと案内される。

「ここがオリガの部屋だ」

ギルバートはそう言ったあと、オリガに向かって口を開く。

「部屋に入っているといい。私は少しサヤと話すことがある」

オリガはうなずくと、先に入室した。それを見送ったあと、私はギルバートと向き合う。話ってなんだろう。

しかし、ギルバートはなにか言うでもなく、私をジッと見つめている。

二人だけの空間に、微妙に居心地の悪さを感じてしまう。

ギルバートのことはなんとなく苦手だったので、余計に対応に困る。

戸惑っていると、やっとギルバートが笑顔で切り出してきた。

「改めて、久しぶりだ、サヤ」

「ええ、ギルバートも元気そうね」

にっこりと微笑んで返すけれど、こちらを見据えるギルバートの視線に、どことなく違和感を覚える。

「だけど、ひどいな。この国にいたのなら、もっと早く会いたかったよ」

女性が頬を染めてしまうような台詞《せりふ》にも、私は苦笑いしかできない。

「こうやって会えたからいいじゃない」

「つれないな」

わざとらしく肩をすくめたギルバートは、目を細めた。

「これまで、リカルドが君のことを独占していたと聞いた。あいつは本当に抜け目のない奴だよ、昔から」

以前から、彼はリカルドにあまりいい感情を持っていないということを、言葉の端々《はしばし》ににじませていた。それに、同じ空間にいても、会話をしているところをあまり見たことがない。二人の間には、私の知らない確執《かくしつ》でもあるのだろうか。

「リカルドは偶然私を見つけたのよ」

それは嘘ではない。なんとなく、リカルドを庇《かば》ってしまう自分がいた。

「君を護衛する役目だったから、今でもその役目は自分のものだと思っているのかもしれないな」

私の言葉など無視して、ギルバートは小バカにしたように鼻で笑い、刺々《とげとげ》しい物言いをする。

「でも、あいつの出番はとっくに終わっている。だから、頼る相手はあいつだけじゃないってこと、覚えておいてほしい」

そう言ったギルバートは、口の端をゆがめて笑った。

「ええ、わかっているわ」

いい加減、いつまでもリカルドばかりを頼ってはいられないと、自分でも理解している。

「私も、自立に向けて頑張っているところよ」

強気になってそう発言すると、ギルバートが微笑んだ。

「私だって、いつでもサヤの力になりたいと思っている」

その時、右手をサッと取られ、手の甲に軽く口づけされた。とっさのことだったので、固まってしまう。

この人の、こういう行動が苦手だったのだ。

今みたいに手に口づけたり、私の肩を抱いて引き寄せたりと、いちいち距離を詰めてくるのがどうにも慣れない。リカルドは適度な距離を保ってくれるから、なおさらだ。

固まったままの私に、ギルバートが部屋に入室するよう促《うなが》してきた。

「私は先ほどの部屋に戻る。サヤはオリガの話し相手にでもなってくれ」

そう言うと彼は背中を向けて、廊下を戻っていく。

その姿を見送ってから、オリガの部屋の扉を叩き、入室した。

オリガは部屋のソファの真ん中にちょこんと座っていたが、私の姿を見て立ち上がる。

さあ、まずは彼女と話をして、仲良くなることから始めよう。

「素敵な部屋ね。お邪魔するわ、オリガ」

そう声をかけると、オリガが小さくうなずいた。

先ほどから口数が少ないのは、初対面の私に警戒しているのかもしれない。まずはその警戒を解いてもらいたい。そのためにも会話をしようと試《こころ》みる。

「オリガ、いきなり聖女に任命されて、大変だったでしょう？　私でわかることなら教えるから、なんでも聞いてほしいの」

そう伝えると、オリガの表情が若干緩《ゆる》み、さっそく質問してきた。

「聖女って言われても、どうすればいいのかわからないの。祈りの歌ってなんのこと？」

「そうね、まず聖女としての務めは、毎日祈りの塔へ上《のぼ》り、祭壇《さいだん》で祈りを捧げることよ。歌は、私が以前、祭壇《さいだん》の前で歌を捧げていたから」

説明を聞いて、オリガがため息をつく。

「一度、祈りの塔に上《のぼ》ったけれど、階段は薄暗いし、怖いから行きたくないわ。なのに、みんなが行けって言うのよ。ひどいと思わない？」

そう言って同意を求めてくるオリガに、苦笑しつつも答えた。

「この国の平和を願って、塔で祈りを捧げること。それが聖女としての務めだもの」

やんわりとたしなめるつもりが、オリガの機嫌を損ねてしまったようで、彼女はプイッと横を向く。

「本当、嫌になるわ。みんなして祈れって、面倒じゃない。それに誰も聞いていないのに無駄じゃないの」

オリガの発言を聞き、エルハンスが頭を抱えていた理由がわかった気がした。

「オリガ、いきなり聖女という役目を任されて戸惑う気持ちはわかるわ。でも、自分で了承したのでしょう？」

聖女としての役目を引き受けると決めたのは、自分自身だったはずだ。

実際、私もそうだった。そこは腹をくくらないと、この先やっていけない。

「そりゃあね。だってこの部屋を見て！」

両手を広げながら周囲をぐるっと見回したオリガの瞳は、輝いていた。

「広い部屋に豪華な家具、素晴らしいと思わない？」

オリガは興奮した様子でなおも続ける。

「それに、このドレスも‼」

その場でクルリと回ってみせたオリガは、満面の笑みだ。

「こんなお姫様のような生活、夢みたい」

私が想像していたより、オリガはずっと逞《たくま》しかった。自身の置かれた状況を悩んでいるのではなく、十分楽しんでいる様子に見える。

それならばなぜ、私を側に置いたのだろう？

疑問が頭をよぎったが、すぐに解消された。

「この生活は素晴らしいけれど、正直、聖女なんて堅苦しいこと、面倒で!!」

要するに、オリガは城で生活できることは嬉しいけれど、聖女としての務めは面倒だと思っているのだ。聖女の自覚が足りないので、周囲の人間が頭を悩ませているという訳だろう。

確かに、聖女の暮らしは魅力的に見えるかもしれない。人々から神秘的な存在と崇《あが》められ、衣食住には困らないのだから。だが、その分、慎《つつ》ましやかな行動を望まれるし、いろいろな制限も受ける。

オリガの、聖女の仕事はしたくないけれど、待遇だけは受け入れたいというのは、わがままだ。

聖女としての暮らしが気に入っているのなら、聖女としての務めも果たさなければならない。

「面倒でも、やらなきゃいけないことは、やらなければいけないわ。そのために聖女の役割を引き受けたのでしょう?」

やんわりと言ってみると、オリガはため息をついた。

「それなのよね。祈りの塔で祈れとか言われても、どうしたらいいのかわからない。第

一、あの塔の階段は急で、足が痛くなるの。塔自体もどことなくカビ臭いし」
「塔に上《のぼ》るのも、すぐに慣れるわ。それにカビ臭いと感じるのなら、窓を開けて空気の入れ替えをするところから始めましょうよ」

そう助言するも、オリガはあまり聞く耳を持っている風ではなかった。

かといって、あれこれ言いすぎるのも逆効果かもしれない。うるさいと思われて、私の話を聞くどころではなくなると困る。

ここは、少しずつその気になってくれるよう、地道に教育していくしかないか。

考えていたよりも大変そうだと覚悟し、小さくため息をつく。

だが、すぐに思い直し、顔を上げた。

「オリガは、聖女としての役割を担《にな》う前はどこにいたの？」

そう聞いた途端、オリガの表情が曇《くも》る。

「私、ここに来る前のことは記憶にないの。気がついたら、城の近くの湖で倒れていたって言われて……それまで自分がどこに住んでいたのか、なにをしていたのかも覚えていないわ。記憶にあるのは、自分の名前と十六歳だってことだけ」

暗い顔でうつむくオリガも、私に見せないだけで、重い気持ちを抱えているのかもしれない。気軽に聞いたことを後悔した。

「そうなの……いつか思い出すわよ、きっと」

部屋が微妙な空気に変わりつつあることに焦り、打破するためにわざと明るい声を出す。

「でも私、思い出さなくても別にいいの。今が楽しければいいわ」

そう言い切ったオリガは、けろっとした顔をしている。

「だからね、ずっとここに住んでいたいの」

それは一年という期間が過ぎても、ここで暮らしたいという意味なのだろうか。

「ねえ、サヤも、エルハンス様って素敵だと思わない？」

「えっ？」

唐突な話題に驚いて、私は目を瞬《しばた》かせた。

「だって、この国の王子様よ？　優しいし、お話も面白いし。それに、なによりあの美貌。私、聖女の役割が終わっても、ずっと側にいたいわ」

そう言うオリガの頬は赤く染まっている。

「もしかして、彼のことを好きなの？」

率直にたずねると、オリガは照れながら笑った。

「だからサヤ、エルハンス様を好きにならないでね」

「それは大丈夫よ」

エルハンスは確かに格好いいし優しいけれど、特別な感情を抱いたことはない。

「そう、ならよかったわ」

オリガはホッと胸を撫で下ろした。

「じゃあ、サヤは誰が好きなの？」

いきなり聞かれて、グッと言葉に詰まる。

私が好きなのは――

「いないわ」

脳裏に浮かんだ人物を、必死にかき消して答えた。

「そうなの？　でも、エルハンス様も素敵だけど、リカルド様も格好いいわ。リカルド様の屋敷に住んでいたのでしょう？　どうなの？」

リカルドの名前が彼女の口から出てきた時、心臓がドキリとした。

動揺を悟られてはいけないと、平静を装《よそお》ってきっぱり言い切る。

「特にどうとも思わないわ」

「ふーん。あんなに格好いい人が側にいてなにも思わないだなんて、信じられないけどね」

私のそっけない返答を聞いたオリガは、興味を失ったようだった。

たとえ私がリカルドのことを好きだとしても、それは叶うはずのない想いだ。

彼にはもう、決まった相手がいるのだから。

自分自身にそう言い聞かせるけれど、なぜか胸の動悸《どうき》が治まらなかった。


そして翌日の早朝。

あてがわれたオリガの隣の部屋で、私は目を覚ます。

ベッドを下り、窓辺に近寄ってそっとカーテンを開くと、朝日が部屋に差し込む。太陽の恵みに感謝しながら、目を閉じて両手を組み、祈りのポーズを取った。

今日も、人々にとって幸せな一日でありますように――

心の中で日々の感謝をし、平和を祈る。

これは、聖女時代に身についたクセのようなものだ。オリガもいつか習慣づいてくるだろう。

顔を洗い、着替えを終えたところで、扉がノックされた。朝食に呼びに来たのだと思って返事をすると、扉が開かれる。その先にいた人物を見て、驚いた。

「やあ、おはよう。サヤ」

「エルハンス」

早朝からここへ来るなんて、なにかあったのだろうか。エルハンスは優しく微笑みながら、こちらに両手を差し出した。

「こんな早朝からごめん。サヤに贈り物を持ってきたんだ」

彼が手にしていたのは、花の苗が植えられたポット。

「これはエメットの花の苗。太陽の光が大好きだから、窓辺に置いておくといい」

「ありがとう」

エメットというのは、この世界の花の名前だ。私は花が好きで、前も部屋で花の苗の入ったポットをいくつか育てていた。それをエルハンスは覚えていたらしい。もらった苗はまだ葉っぱしかつけておらず、どんな花が咲くのか楽しみだ。

「それと、オリガは大丈夫だった？」

心配そうなエルハンスは、花を手渡すついでに彼女の様子を聞いてきた。

「ええ、そうね。素直だし、悪い子じゃないと思うわ」

考えが幼いけれど、これから先、聖女としての自覚が出てくれば変わるだろう。

「サヤには負担をかけてばかりで、申し訳なく思っている」

神妙な顔つきになったエルハンスが、静かに息を吐き出した。

「だからこそ、不自由な思いをさせたくはないんだ。なにかあったら言ってほしい」

「大丈夫よ」

笑顔で答えると、エルハンスは私の頭をそっと撫でる。

「もうじき聖女を祝う儀式がある。サヤにも参加してほしい」

その言葉を聞き、ゆっくりとうなずいた。

「さあ、もう朝食の時間だ。階下には皆が集まっているだろう。サヤもオリガを連れて来てくれないか？」

エルハンスはうなずいた私に微笑むと、そのまま去っていく。

私は受け取ったポットを、一番光が当たりそうな窓辺に置いた。エメットがどんな花を咲かせるのか、聞くのを忘れちゃったわ。でも、まあいいか。咲くまで楽しみにしていればいいのだもの。

早朝から素敵な贈り物をいただき、すっかり嬉しくなったので、窓辺に腰かけ、誰に聞かせるでもなく祈りの歌を口ずさんだ。

歌い終えてから部屋を出て、隣の部屋のオリガを訪ねる。

三回ノックをすると返事が聞こえたので、そっと扉を開けた。

「オリガ、おはよう」

「おはよう」

オリガは朝から上機嫌だ。彼女も苗が植えられたポットを手にしている。

「見て見て！　エルハンス様が早朝から届けてくださったのよ！」

上機嫌の理由はこれか、と納得した。

誰だって、素敵だと思っている相手から花を届けられたら、機嫌もよくなるだろう。

「エルハンス様ったら、私の気持ちに気づいているのかしら」

頬を染めて話すオリガに、自分も同じものをもらったとは言いにくい。この際、聞かれるまで黙っていよう。

「窓辺の明るい場所に置いておくといいわ。水は毎日あげてね」

そんなアドバイスをすると、オリガはすぐにポットを窓辺に置き、水をあげ出した。

「早く咲かないかしら」

花の成長を楽しみにしている様子は、無邪気で可愛らしい。

そのうち、オリガは上機嫌なまま話し始めた。

「花は大好きだわ。部屋に飾ってもいいし、髪に飾ると素敵よね。昔はせがまれて、草花のかんむりをよく作ってあげたわ。それこそ妹……」

「オリガ？」

彼女の家族の話が出てきそうになったので、驚いて声をかける。記憶がないと言っていた彼女だけど、なにか思い出したのかもしれない。

オリガはハッとした顔をしたのち、小さく首を振る。

「なんでもないわ」

その様子を見て、やはり思い出せないのかと察し、わざと明るい声をかけた。

「さあ、朝食をいただきましょう。その後は祈りの塔へ行きましょうね」

だが、オリガは祈りの塔と聞いた途端、面倒くさそうな顔を見せる。

また足が痛くなるだの、カビ臭いだのブツブツ言い始めたけれど、聞こえないふりをして階下に向かう。

そうして朝食をとり終えたあと、いったん部屋に戻ってから祈りの塔に上《のぼ》ることになった。

久々に塔へ足を踏み入れることに、私も多少緊張していた。独特の空気を持つ、神聖なる場所。窓から遠くの街や景色を一望できるので、私もよく眺めていたっけ。

風が舞い込む窓には、小鳥たちが羽を休めに来ていた。それで当時の私は、小鳥たちのためにパンをちぎって与えていた。すると小鳥たちも覚えて、同じ時間帯に窓辺にやってくるようになったのだ。

また、窓から見える景色で季節を感じとっていたことも覚えている。

目を閉じて当時に思いを馳せていると、扉がノックされて、我に返る。

「はい」

オリガが迎えに来たのだと思って扉を開けると、そこにいたのはリカルドだった。

「リカルド、おはよう」

なにか用でもあるのだろうかと内心首を傾げながら、朝の挨拶《あいさつ》をする。すると、リカルドがたずねてきた。

「祈りの塔へ行くのだろう?」

「ええ、そうよ」

聖女だった頃は、リカルドがこうやって私を迎えに来てくれた。リカルドは私の護衛役だったので、祈りの塔まで毎日共に行っていたのだ。とはいえ、最初の日以降は、塔に上《のぼ》るのは私だけで、リカルドとは塔の入り口の前で別れていた。当時のことを思い出して、クスリと笑う。

「オリガと行ってくるわ」

そう告げると、リカルドは迷った素振りを見せたあと、口を開いた。

「では、俺も同行しよう」

スッと差し出された手を見つめ、躊躇《ちゅうちょ》する。

私はもう聖女じゃないので、一緒に行く必要はない。

だが、リカルドは私を心配してくれているのだろうから、断るのも気が引ける。なんて答えればいいのか迷いつつも、私はおずおず答えた。

「ありがとうリカルド。でもね、大丈夫よ。私はもう聖女じゃないもの」

そう言って、私は肩をすくめておどけて見せた。

「ただオリガについていくだけだから、護衛は必要ないの」

「俺がサヤを護衛したいんだ」

「え……？」

冗談か聞き間違いかと、耳を疑う。だがリカルドの顔つきは真剣で、とても冗談を言っているようには見えなかった。

彼の瞳に、心臓の鼓動が速くなり、落ち着かない。

見つめ合ったまま、時が止まったように感じた。差し出された骨ばった大きな手に視線を向ける。手のひらが硬いのは、常に剣を握っているからだ。

ふいにリカルドの手の温もりを思い出し、頬が熱くなった。

その時、オリガの部屋の扉が開く。

ハッとして音がした方に顔を向けると、オリガとギルバートが部屋から出てきたところだった。

私たちを視界に入れたギルバートが口を開く。

「おや、リカルド。サヤに用事でも？」

一瞬驚いてしまったけれど、ギルバートはオリガの護衛役なので、これから祈りの塔へ向かうオリガの側にいて当然だと思い直す。ギルバートは微笑しながら言葉を続ける。

「護衛役は私なのでお任せを。さあサヤ、行きましょう」

ギルバードの口調に、どこか勝ち誇ったものを感じた。だが、リカルドは気にした風でもなく、うなずく。

「では、また来るとしよう」

私は、その場を去ったリカルドの背中をしばらく見つめた。

それから、わざわざ来てくれた彼に申し訳なく思いながら、オリガとギルバートと共に祈りの塔を目指す。

塔の前でギルバートと別れ、オリガと塔に上《のぼ》る。その最中も、オリガはぶつぶつと話し続けていた。

カビ臭いだの、足が痛いだの、疲れるだの。

そりゃあ、そんなに文句を言いながら上《のぼ》っていては、息が切れて当然だ。でも、私は黙って足を動かした。

やがて最上階につき、古い扉の前に出る。その扉を開け、奥にある祭壇《さいだん》へと進んだ。

久々に足を踏み入れた空間に、懐かしくなった。

「まずは窓を開けましょうか」

閉め切っていたので、空気が湿ってよどんでいる気がする。

窓枠まで近づき、開け放つと、心地よい風が部屋に舞い込む。汗ばんでいた私たちには気持ちいい。しばし目を閉じて風を感じたあとは、久しぶりの眺めを堪能《たんのう》した。

ここから見える景色は変わっていないと、遠くにある街を見て、しみじみと思う。

あの街に行ったんだよね。前は街の生活に憧れながら眺めていたっけ。

そして、塔の真下にも視線を投げる。色とりどりの花々が咲き誇る中、一瞬、人影らしきものが視界に入った。

基本的に、祈りの塔付近はあまり人が近づかない。だからこそ、不思議に思って目を凝《こ》らしてみるも、人影は見当たらない。もしかしたら、目の錯覚だったのかもしれない。

私は気を取り直してオリガに向き直り、声をかけた。

「久しぶりだから、少しお掃除でもしましょうか」

「ええっ……」

不満そうなオリガの声を無視して、持参した布を取り出す。

「これで祭壇《さいだん》を水ぶきしましょう」

埃《ほこり》を拭《ふ》きとり、花を飾る。たったこれだけなのに、祭壇《さいだん》は見違えるように綺麗になった。

「さあ、あとはロウソクとお香に火を灯して」

オリガは渋々と行動する。ひと通りの準備を終えたので、いよいよオリガに祈りの捧げ方を教えよう。

「あのね、決まった形はないと聞いたわ。私の場合は歌で祈りを捧げていたけれど、たんに祈るだけでもいいみたいなの」

説明をして、祭壇《さいだん》の前で跪《ひざまず》き、両手を組んで祈りを捧げるポーズを取る。それから祈りの歌を一曲だけ歌う。

「私の場合はこうやって歌っていたの。毎日ね」

だがオリガは眉をひそめ、ため息をついた。

「面倒くさい。そもそも誰も聞いていないじゃない」

「聞いているとか聞いていないとかの問題じゃなくて、気持ちが大事なのよ」

たしなめるように言ったところ、オリガの機嫌を損ねてしまったようだ。

「でもそれって、なにもしなくてもこの場所に来るだけで、人々は聖女が祈ってくれているって勘違いする訳よね？」

「まあ、そうだけど……」

「だったら、やっていなくても、やったということにしておけば、簡単じゃない」

「じゃあ歌じゃなくて、両手を組んで祈りを捧げるだけでいいと思うわ」

どう言ったらいいかわからず、やる気がないオリガに妥協案を出すだけで精一杯だった。

オリガは、自分が面倒だと感じていることは、絶対にやる気がないらしい。

だが、強要してどうにかなるものでもなかった。それに、決まったスタイルもないので、あとはオリガのやりやすいように祈りの形を整えればいい。今後この塔に上《のぼ》り、通い続けることによって、彼女はなんらかの答えを見つけるだろう。それにかけるしかないと思った。

しばらく後にオリガと共に祈りの塔から下り、扉を開けると、ギルバートが駆け寄ってきた。塔の下でずっと待っていた彼は、やや興奮した様子で口を開く。

「先ほど、風に乗って歌声が聞こえ、心が洗われるような綺麗な旋律《せんりつ》に心を奪《うば》われた。あれはオリガが？」

ここまで聞こえていたのだと、少し驚いた。するとオリガが、もっと驚くことを口にした。

「ええ、サヤに教わって歌ってみたの」

シレッと嘘をついた彼女の顔を見つめるが、オリガは平然としている。

「ギルバート様はずっとここにいたの？」

「二人が塔に上《のぼ》ったあと、しばらくすると綺麗な歌声が聞こえてきて、この場から離れられなかった」

ギルバートが塔の壁を見上げたので、それにつられて視線を向けた。結構な高さだが、風向きによっては歌が聞こえるらしい。

塔には、蔦《つた》が絡みつくように伸びている。塔の側には花も咲いていた。塔の周辺一帯は、木々と多種多様な花々に囲まれているのだ。けれど、私が城で暮らしていた時よりも、花の数が減っている気がした。前はもっとたくさんの花々が、生き生きと咲き誇っていたのに。

そう思っているとギルバートが促《うなが》してくる。

「では行こう」

ギルバートとオリガについて、塔から離れた。途中、オリガがこっそり耳打ちをしてくる。

「さっきの歌は、私が歌ったことにしてほしいの」

突然の申し出に再び驚いていると、オリガは平然と言った。

「だって、サヤが歌ったのだと知られたら、私がなにもしていないと思われるじゃない。それは困るわ」

正直な物言いに苦笑いするしかない。

毎日祈りの塔に上《のぼ》るのはオリガなのに、この様子じゃ先が思いやられる。同時に、エルハンスの苦悩する姿が脳裏に浮かぶ。

だが正面切って説教をするのも、オリガには逆効果な気がした。

「今度からはオリガの仕事だからね」

そう言ってみたものの、彼女の心に響いたかどうかはわからなかった。


それから聖女のお披露目《ひろめ》までの間、私はオリガのサポート役に回った。

城内の人々も、会場や衣装を準備したりと大忙しだ。自分が聖女だった時は周りに流されるままに過ごし、言われるがままに行動したけれど、こうして用意する側となると、大変だったのだろうとわかる。

当日、オリガが着用する衣装は、胸の下に切り返しがあって、裾までゆったりとした純白のドレスだ。華美なデザインではなく、余計な飾りはなにもついていない。ちなみに、私の時も同じドレスを身につけた。とてもシンプルだけど動きやすく、私は気に入っていた。

「嫌よ！　こんなドレス」

衣装合わせの場でそのドレスを見た途端、オリガは不満そうに眉をひそめて叫んだ。

「なんだか野暮《やぼ》ったい」

どうやらお気に召さないようだ。私は小さくため息をつき、オリガに言い聞かせた。

「でも、この生地は上等だわ。それに歴代の聖女は、このドレスに身を包む決まりらしいのよ」

だが、いくら言い聞かせてもオリガは納得しない。それどころか、間の悪いことに、ここには私のドレスまで用意されていた。それを目にしたオリガはなおさら不満そうだ。

「サヤのドレスの方が可愛い。これじゃあ、どっちが主役かわからないじゃない」

私に用意されたのは、薄い菫色《すみれいろ》の美しいドレスだった。

シンプルなラインに、チュールが直線と曲線で重なりあっていて、胸元からスカートまで流れるように入ったレースが印象的だ。清楚《せいそ》で落ち着きのある雰囲気は、淡い色味だからこそなのだろう。

オリガはそれが面白くないらしい。

「オリガのドレスも素敵じゃない。それに、これからいくらでも他のドレスを着る機会はあるわよ」

なんとかなだめるけれど、オリガは不満げな態度を崩さなかった。

まいったな、エルハンスの予想以上にオリガの扱いに苦戦している。これじゃあ、私がいる意味があるのかしら。教育係という名の子守りみたいな気がしてきたわ。

しばらくすると、オリガはつぶやく。

「でも、確かに、今後はどんなドレスも着られるってことよね」

ようやく納得しかけた彼女に、ホッと胸を撫で下ろす。

「そうよね、聖女のお役目が終わったあと、なんでも願いを叶えてくれるって話だし。ドレスなら、いつでも着られるしね」

自分自身に言い聞かせているようなオリガに、私は質問を投げかけた。

「オリガは、一年後の望みは決まっているの？」

すると、彼女は途端に目を輝かせた。

「そりゃあ、決まっているわよ！　私はエルハンス様のお側にいたいわ!!」

そう言い切った彼女は、饒舌《じょうぜつ》に語り始める。

「彼の側にいるってことは、未来が約束されたと同じ。それにエルハンス様は、ゆくゆくは王になるのでしょう？　そのお側にいられるとなったら、私が王妃になるってことだわ。素敵なドレスが毎日着られるし、美味《おい》しい食べ物だって食べられる。何不自由なく暮らせるじゃない!!」

オリガの考えは、まるで小さい子供のようだ。エルハンスの意思など関係なく、自分の欲望のまま夢を口にしている。黙って耳を傾けていると、オリガが不思議そうに私を見た。

「そういえばサヤは、どうしてエルハンス様とか尊《とうと》い身分の方を選ばなかったの？　リカルド様でもよかったじゃない」

無邪気にそう問いかけてくるオリガに、返答に困る。

「エルハンスは優しい方だけど、王妃なんて荷が重いわ。それにリカルドには……」

一瞬言いよどんだけど、無理やりに笑顔を見せて答えた。

「婚約者がいるみたいだし。いきなりそんなことは言えないわ」

「そうかしら？　あなたって、どうして自分のことを一番に考えないの？　相手がいたっていいじゃない。なんでも一つ叶えてくれるというなら、すでに相手がいたとしても、それは無効にしてもらうべきよ」

そう言い切れるオリガを清々《すがすが》しく思うと同時に、少しだけ意地悪な気持ちになる。そんな感情を胸に抱いたまま、聞いてみた。

「でも、もしエルハンスに婚約者がいて、その相手と彼がお互い好き合っていたとしたら？」

その場合、エルハンスの婚約者にも恨まれるし、なによりもエルハンス本人に嫌われる可能性がある。そう告げると、オリガは興味なさそうに答えた。

「人の気持ちなんて構っていられないわ。エルハンス様に好き合っている相手がいようが関係ない。私は自分の権利を使って、彼の側にいることを望むわ」

ゆるぎない考えを持つオリガは、私が出した例え話も、ピンとこないようだ。

「私にはわかんない。人のことを考えてちゃ、自分が幸せになるのが遅くなってしまうじゃないの」

人を押しのけてまで自分の意思を主張する強さは、私にはなかった。

それもあって、あの時、元の世界に帰ると決断したのだ。

「そうね、だからまだ、ここにいるのかもしれないわね」

本当は私自身、この場所に未練があるのかもしれない。私の様子を見て、オリガは呆れたみたいに口を開く。

「本当にお人好しで、自分より他人を気にするのね。サヤを見ていると誰かを思い出すわ」

「え、それは誰のこと？」

断片的にでも記憶が戻ったのかと思ってたずねると、オリガは首を横に振る。

「……別に。なんでもない」

あまり触れられたくない話題らしく、彼女の声が小さくなった。

「そう……じゃあ、一年後にエルハンスの隣に並べるように、聖女の務めを頑張りましょうね」

やんわりと伝えると、渋々ながらもオリガは返事をしたのだった。

第四章　聖女のお披露目《ひろめ》

今夜は聖女のお披露目《ひろめ》の儀式がある。これは同時に、聖女の任命式のようなものとされていた。

一年前は自分が聖女の立場にいたのだと思うと、不思議な気持ちになる。今回は新しい聖女の側にいてサポート役をするのだから、人生ってわからない。

城の中は、直前の準備で大忙しだ。

オリガと私は王座の裏側で待機するように命じられ、カーテンの陰に隠れていた。

オリガは純白のドレスに身を包み、髪をアップにして、聖なるベールで顔を覆《おお》い隠している。

「貴族たちの前に姿を現して、頭を下げればいいの。ほんの少し姿を見せるだけでいいのよ」

いつもは我が道を行くタイプのオリガも、さすがに緊張しているらしく口数が少ない。

時間が迫っているため、会場の広間には大勢の貴族が集まっている。

シャンデリアの輝きが広間を照らし、人々の談笑する声が響いていた。

カーテンの端からこっそりと顔を出して、そんな様子を眺める。

一年前は緊張しすぎて、ちょっとのぞいてみようという気すら起きなかった。

だが今は、多少の余裕ができたのかもしれない。

広間を埋め尽くすほどの人々は、皆が華やかに装《よそお》っている。別世界を見ているみたいで、その光景にしばし見とれた。

やがて王が現れ、周囲の注目を一気に集める。

王は王座の側に立ち、広間の隅々まで見渡した。途端に人々は談笑をやめ、体ごと王に向く。

「皆の者、よく聞いてほしい、我が国に聖女が現れた」

その発言の瞬間、歓喜の声が上がり、広間中に盛大な拍手が鳴り響いた。

私はオリガと共に王座の裏へ移動し、彼女の側に寄り添いながら王の言葉を聞く。

「古い書物によると、聖女が現れるのは神のきまぐれとされておる。八十年もの間、聖女が出現しなかった記録もあるが、このたびは昨年に続き、またもや聖女が舞い降りた。これは我が国の繁栄《はんえい》と平和が約束されたようなものだ」

王の熱弁に、広間の興奮は最高潮に達している。

「この国に舞い降りた、次代の聖女を紹介しよう」

王がゆっくりと背後を振り返る。そして、私たちに視線を向けて微笑み、オリガにスッと右手を差し出した。私はそっとオリガの背中を押す。オリガは緊張した面持《おもも》ちで王の手を取ると、歩を進めた。

あとは、私は王座の後ろから見守るだけだ。

オリガは無事に皆の前に姿を現し、静かに頭を下げた。

「聖女の祈りによって授けられる平和を、共に祝おうではないか」

王が声を発すると、オリガが顔を上げ、すぐにその場から離れる。私のもとに戻ってきた彼女の顔は緊張で強張っていた。

「ご苦労さま。お披露目《ひろめ》は終わりよ」

そう、登場時間はたったこれだけ。だけど、聖女の姿を一目見た広間の皆は、喜びにあふれている。

「緊張したし、すごく疲れたわ」

オリガの本音を聞き、苦笑してしまう。でも、私も一年前はそう思った。人々からの視線と熱気に、緊張と共に恐怖すら覚えたっけ。

それと同時に、私のことを無条件に聖女だと信じ、この国の安泰《あんたい》を託そうとする彼らに、言葉にできないほどの重圧を感じたものだ。

「早く部屋に戻りたい」

そんな文句を言いながらも、今日のオリガは頑張った。

大勢の前で視線を浴びるということは、強い精神力を必要とする。人々の想いを真正面から受け止めるのは、鈍感な私でもきついものがあった。

「じゃあ、部屋に戻りましょうか」

オリガにそう提案すると素直にうなずいたので、部屋に下がらせてもらうことにした。

盛り上がっている広間を、そっとあとにする。

オリガは部屋に入ると、そのままベッドに倒れ込んだ。

「本当に、すごく緊張したわ」

正直な告白に思わずクスリと笑ってしまう。私としても、もう彼女を休ませてあげたい。だが、その前にしなくてはいけないことがある。

「オリガ、ドレスを脱いでちょうだい。皺《しわ》になってしまうわ」

声をかけると、オリガは渋々といった様子で起き上がった。彼女が、ドレスを脱ぎながら口にする。

「これからどうするの？」

「私は、一度広間に戻るわ」

皆に、オリガが部屋に戻ったと告げなければいけない。その後は私も疲れているので、すぐに部屋に戻るつもりだ。オリガのドレスを皺《しわ》にならないように片づけ、部屋を出た。

広間に戻ると、人々の熱気に圧倒されそうになる。

彼らは、この国に再び聖女が舞い降りたことに歓喜しているのだ。

それが一年後の今、元聖女がこの場にいても、誰も私のことなど気にも留めない。私が前の聖女だったと知る人だって、ごくわずかだろう。城をよく訪問していた方の中には、私を覚えている人もいるかもしれないが。

もっとも、あまり公《おおやけ》の場に顔を出していなかったのだから、もう忘れられている気もする。

どこか不思議な気持ちになりつつ、舞踏会の雰囲気を味わう。楽師たちの奏《かな》でる音楽が耳に心地よい。音楽に合わせて軽《かろ》やかに踊る人たちからは、楽しそうな気持ちが伝わってくる。綺麗な音色はハープの音なのだろうか。その凛《りん》とした音に合わせて、歌を口ずさみたくなってくる。胸の奥から込み上げてくるのは、『歌いたい』という気持ち。ただ、それだけだった。

だが、ここでいきなり歌い出す訳にもいかない。グッと堪《こら》えて目を閉じ、ハープの音色に耳を傾けた。

やがて一曲が終わる。余韻《よいん》に浸《ひた》っていた私は、ゆっくりと目を開ける。

すると、ハープを演奏していた青年と目が合った。

私が聞き惚れていたことに気づいていたらしく、青年は、はにかみながら片目をつぶって見せた。

ありがとう、素敵な音色だったわ。

微笑ましい気持ちになり、心の中でお礼を言って、その場をそっと離れた。

喉が渇いたので水の入ったグラスを手にし、一口飲んで喉を潤《うるお》したあと、広間を見回す。

視線の先に、人だかりができている。その輪の中心にいるのは、リカルドだった。

スラリとした長身に端整な顔立ちの彼は、いるだけでその場を華やかにする。

リカルドは侯爵家の子息であり、容姿端麗《たんれい》で、男女問わず人気があり、どこに行っても人に囲まれる。彼の人望のおかげでもあるのだろう。

だが私は、元の世界に帰り損ねた元聖女。あるのはこの肩書だけ。

友人も少ないし、身分もなければ所持金だって限られている。ないないづくしもいいところ。

なんでも持っているリカルドとは、住む世界が違う。

こうやって輪の中心にいる彼を見ていると、嫌でも実感する。

手にしたグラスの水を飲み干し、テーブルに置いた時、リカルドがこちらに視線を向けた。目が合ってしまい、ドキリとする。

見つめていたのがばれてしまった？

とはいえ、リカルドについて考えていたことまでは、ばれていないはず。

リカルドは、一瞬だけ眉を上げる。

そして、周囲の人々になにかを言ったあと、私に向かって歩いてきた。

近づいてくる彼をジッと見つめていると、側に来たリカルドが微笑んだ。

「サヤ、オリガは？」

「オリガは部屋に戻ったわ」

先ほどまでリカルドを囲んでいた人たちからの視線を感じつつ、答えた。きっと私のことを、誰だろうと噂《うわさ》しているに違いない。

だが、肝心のリカルドは気にした様子もない。それどころか、私のことをジッと見つめている。

「どうかした？」

リカルドはフッと微笑みを浮かべ、口を開いた。

「似合っている。そのドレス」

さらっと褒《ほ》め言葉を口にされ、頬が熱くなった。

「ありがとう」

なんだか気恥ずかしくなってしまい、視線を逸らす。

「リカルド、お友達はいいの？」

リカルドと話していることで、私まで注目を浴びている。彼は気を遣って声をかけてくれたのだろうが、正直、この場では放っておいてほしい。

そう思いながら、リカルドの友人に顔を向けた。

その時、私を見ていた人の中に、一人の女性の姿を見つけ、ハッとなる。

敵対心を隠そうともせず、眉をひそめてこちらをにらみつけている女性は、ルイーゼだ。

彼女の攻撃的な視線を浴びて、私は固まった。

「サヤ？」

隣に立つリカルドが、私の様子に気づいて声をかけてくる。

「どうした？　具合でも悪くなったのか？」

気遣いながら顔をのぞき込んでくるリカルドに返答もできず、私はルイーゼの視線を受け止めていた。

しまった、彼女は由緒《ゆいしょ》正しいハイドナル侯爵家のお嬢様なのだから、この場に呼ばれないはずがなかった。

すっかり失念していた自分は、愚かだ。

「熱でもあるのか？」

リカルドが心配して、片手をこちらに向かって伸ばしてくる。彼の手が私の額《ひたい》に触れようとした瞬間、反射的にサッと避けた。

私が避けたことに、リカルドは驚いた顔をした。だが、皆に誤解されても困る。特に彼の婚約者だというルイーゼに見られたら……

リカルドの行き場のなくなった手は宙をさまよい、力なく下ろされた。

「大丈夫だから。心配しないで」

無理やり笑ってそう伝えるも、頬が引きつってしまう。

でも、リカルドは納得してくれそうもない。

「部屋に戻るか？」

彼は、ルイーゼの射抜くような視線に気づいていない様子。

私を心配してくれるのはありがたいけど、彼女にも気を遣ってほしい。

だって、リカルドの婚約者なのだから……!!

私に対して過保護なところがあると感じてはいたけど、ルイーゼが……自分の婚約者が見ているのに、それはないんじゃない？

私に気を遣わなくてもいいから、友人の輪に戻ってちょうだい。

「もう部屋に戻るから、リカルドは楽しんで」

こうなったら無理やり退散しようと思って、踵《きびす》を返す。だが、リカルドは引き下がらない。

「では部屋まで送るとしよう」

なぜ、私に構ってくるのだろう。伝わらないもどかしさに、内心イライラしてしまう。

「本当に大丈夫だから。放っておいて」

思わずイライラをぶつけてしまう。すると、リカルドは驚きの表情を浮かべた。

「無理強《むりじ》いしたか？　すまない」

困ったようなリカルドの顔を見て、罪悪感が湧く。心配してくれているのに、刺々《とげとげ》しい声を出した私が悪い。でも、私はこの場で、どうすればよかったのだろう。

その時、コツコツとヒールを鳴らす音が聞こえた。一定のリズムで近づいてくる足音が誰のものなのか察して、私は身を強張らせる。

「誰かと思ったら、お久しぶりね」

凛《りん》とした声の方へ顔を向ければ、そこには微笑みを浮かべるルイーゼがいた。

「ええ、久しぶりね」

当たりさわりのない返答をするしかない。

彼女は私の正面に立って首を傾げているが、私より身長が高いこともあって、見下ろされている感じがする。

ハイドナル侯爵家の娘という高い身分で、しなやかさと豊満さを併《あわ》せ持つ美しい女性。それがルイーゼだ。リカルドの幼なじみであり、婚約者でもある。

人目を引く美貌からにじみ出る威圧感が、私を圧倒していた。そう、彼女は私を牽制《けんせい》しているのだ。リカルドに近づくなと、その目が物語っていた。

今日の彼女は金色の髪を高く結い上げ、艶《つや》やかな唇には紅《べに》を引いている。華奢《きゃしゃ》な肩を出し、こぼれ落ちそうな胸元を強調するドレスは、彼女の魅力をグッと引き立てていた。

なぜ私は、この場でルイーゼとリカルドに挟まれているのだろう。

ルイーゼは、リカルドの前では私への敵対心を巧妙に隠す。だが矛先を向けられる私は、痛いほど悪意を感じてしまう。だからこそ、彼女が苦手だ。

心配しなくても、リカルドはあなたのものでしょう。

婚約者なのだから、胸を張ればいいじゃない。私にだけ敵対心を向けてこないで。

そう言いたくなったことも、一度や二度ではない。

「部屋に戻るから、先に失礼するわ」

「では送る」

この場から逃げ出したくて戻ると言えば、リカルドはまた、送ると主張する。それがルイーゼの気に障《さわ》るのだと気づかない彼の鈍《にぶ》さにため息が出そうだ。ルイーゼはにっこり微笑むと、リカルドに向かって口を開く。

「部屋まで送る前に、皆さんに挨拶《あいさつ》してきた方がいいんじゃない？」

そう言った彼女が、先ほどまでいた輪に視線を投げると、リカルドがうなずいた。そして、この場で待っているよう私に告げ、踵《きびす》を返す。

その背中を見送っていると、ルイーゼのため息が聞こえた。

「呆れたわ。あなた、まだリカルドに迷惑をかけているの？」

今日もまた二人になった途端、彼女は私に対する攻撃を開始する。この嫌みったらしさをリカルドの前では決して見せないのだから、たいしたものだ。

「迷惑をかけているつもりはないわ」

悔しくてつい反論したが、本当にそうだろうか。

私は迷惑をかけっぱなしではないか。そんな思いもあって、語尾が弱くなる。ルイーゼはそれもお見通しとばかりに、鼻で笑う。

「勘違いしないでよね。リカルドは責任感が強い、立派な人なの。あなたは憐《あわ》れまれているだけ。わかる？　彼は聖女の護衛役をしていた時の義務感を持ち続けているの。可哀想だから、早く解放してあげて」

言われなくてもわかっている。リカルドが私に優しいのは、義務感ゆえだと。

だが、それをいちいち指摘してくるルイーゼは、やっぱり苦手だ。

「じゃあ、いつまでここにいるのよ。もう聖女でもないくせに」

ルイーゼは、私が目障りでたまらないのだ。婚約者であるというのなら、もっと堂々としていればいいのに。私を目の敵《かたき》にしないで!!

「わかっているわよ」

罪悪感もあって我慢していたが、そろそろ限界だ。

グッと拳《こぶし》に力を入れて、反撃を試《こころ》みる。

「私は、エルハンスから頼まれた役目を果たそうとしているだけだわ。それについて、あなたにとやかく言われる筋合いなんてない」

彼女の目を見て、きっぱりと言い切った。

私が反論したことによほど驚いたのか、彼女は驚愕《きょうがく》に目を見開いて、唇を噛みしめた。

「もうこの場に用事はないから、先に部屋に戻るわ。リカルドにもそう伝えて」

ルイーゼと二人でいるぐらいなら、先に部屋に戻ってしまおう。そう決断すると彼女の返事も聞かずに、クルリと背を向けた。

リカルドには、ルイーゼが適当にごまかすだろう。むしろ、私がいない方が彼女にとって都合がいいに違いない。

そのまま私は振り返らず、広間から離れた。


扉を開け、暗い廊下に出る。

ルイーゼに会ってこんな嫌な気持ちになってしまい、広間へ戻ったことを後悔していた。伝言は誰かに任せて、大人しく部屋で休んでいればよかった。後悔と怒りがごちゃ混ぜになったまま、足早に歩く。

広間から流れる音楽が聞こえなくなって、心がようやく落ち着きを取り戻してきた。

怒りに任せて言い返すなんて、我ながら意地が悪かったかもしれない。

だが、ずっと言われっぱなしだったので、胸がスカッとしたのも事実だ。

その時、前方から誰かが歩いてくるのが見えた。

シルエットからして、男性だろうか。

やがて姿を現した人を見て、体に緊張が走る。だが態度には見せないように気を配り、声をかけた。

「あら、ギルバート」

ギルバートはオリガの護衛役だから、彼女の様子を確認しに行ったのだろう。

「サヤ、今日は疲れたんじゃないか？　無事に聖女のお披露目《ひろめ》が終わり、安心した」

ギルバートはそう言いながら、スッと私の隣に立った。近くなった距離に、さらに身が強張る。

「サヤがオリガのフォローをしてくれたおかげだ」

彼が感謝の言葉を口にしたので、曖昧《あいまい》に笑ってうなずいた。

ギルバートは笑顔を絶やさない。だけど、心の底から笑っていないように感じるし、時折、冷たい眼差《まなざ》しを見せることがある。ほんの一瞬だけど。

そう感じるのは、主にリカルドといる時。彼の本音はどこにあるのか。

身構えている私に構わず、ギルバートは距離を詰めてくる。

「サヤは部屋に戻るのか？」

「ええ、そうよ」

私が答えると、彼の声のトーンがわずかに上がった。

「部屋に戻る前に、少し話をしたい」

ギルバートが、私の顔をのぞき込む。大半の女性はギルバートにこう言われたのなら、頬を赤く染めるだろう。だが私は逆だった。口ではうまく説明できないけれど、二人きりの空間にいたくない。どうしても警戒してしまう。

「話なら、歩きながら聞くわ」

そう言って再び歩き出そうとした時、急に手首を掴まれる。

「じっくり話をしたいとずっと思っていたんだ。だが、いつもはリカルドの奴がサヤを独占しているじゃないか」

後半はよく聞き取れなかったけれど、リカルドの名前と、微かな舌打ちまでは聞こえた。やはりギルバートはリカルドのことを好いていない。そう感じていると、彼が再び笑顔を向けてきた。

「それとも、私とは話をしたくないと思っているのか？」

またた。またこの笑顔だ。

目の奥が笑っていないような眼差《まなざ》しでジッと見つめられて、うまく答えられない。

「話をしたくないとかじゃないけど……」

ここではっきり嫌だと言えない私の態度にも問題があるとわかっている。だが、断ったらギルバートは逆上しそうだ。そうじゃなくても、彼がどんな態度に出るのかわからない。二人きりだし、なおさらだった。

下手に刺激するより、このまま人のいる場所へ誘導しよう。

「そうだ、私、リカルドに用事があったことを忘れていたわ。まずは広間に戻るわね」

私の口からリカルドの名前が出た瞬間、ギルバートの放つ空気が変わった。

「用事なら明日でも間に合うだろう。リカルドは忙しそうだった」

「でも、今日中に伝えなきゃいけないことがあるのよ」

それは嘘だったが、この二人きりの状況からなんとか抜け出したい。

掴まれた手首を離してほしいと思いつつ、強引に歩みを進めた。

「広間へ戻りましょう」

私がそう言ったと同時に、手首にグイッと力が込められ、足が止まってしまう。

「急ぐこともないだろう」

暗闇の中、ギルバートの瞳だけが輝いているように見え、手首を掴む体温に嫌悪感が湧く。ただならぬ気配に、身の危険さえ感じる。

嫌だ、手を離して……‼

その時、背後からグッと肩を掴まれ、倒れそうになる。そして、そのまま、後ろに引き寄せられ、体が反転した。

掴まれていた手首が自由になると共に、厚くて硬い胸板に拘束《こうそく》される。

背中に回された逞《たくま》しい腕に大きな手、その感触に息を呑む。

私は、すっぽりと誰かの腕に包まれていた。

そう、まるで守られているように。

清涼感のある香りは、嗅《か》ぎ慣れたものだ。おずおずと顔を上げると、険しい表情を浮かべるリカルドがいた。

「なにをしている、ギルバート」

「なにを、と言われても。ただ話をしようとしていただけだ」

ギルバートは両手を上げ、他意はないことを訴えてきた。

「だったら、なぜこんなにサヤが脅《おび》えているんだ」

ギルバートは呆れた様子で、大袈裟にため息をつく。

「リカルド、お前はなぜ、そうもサヤのことを気にかける？」

「サヤの護衛だからだ」

「それはサヤが聖女だった頃の話だろう。今は違う」

クッと、声を押し殺すように笑ったギルバートは、言葉を続けた。

「リカルド、思い出した方がいい」

「なにをだ」

「私も選ばれなかったが、お前も選ばれていないのだから。サヤに」

ギルバートの発言を聞き、私は再び硬直した。

「サヤは選択できる立場にあった。私たちの誰かを選び、この国に残る選択肢もあったはず。だが、彼女は誰も選ばずに、帰還の儀式を望んだ。お前は図々《ずうずう》しく出てこられる立場ではないということを忘れるな」

ギルバートは刺々《とげとげ》しい口調で言い放つと、最後に舌打ちを漏《も》らす。

「ではサヤ、明日からもオリガの指導をよろしく頼む」

声色はいつもと変わらなかったけれど、それが逆に恐怖を感じさせる。

あっさりと引いたギルバートは身をひるがえし、広間の方へと去っていく。その背中を見送っていると、両肩を痛いぐらいの力で掴まれた。

「サヤ、ギルバートとは二人になるな」

中腰になり、私の目を見つめるリカルドの顔は、真剣そのものだった。

「部屋に戻ろうとしたら、ギルバートが前から歩いてきただけよ」

私だって好きで二人になった訳じゃない。だけど、なぜリカルドはそんなことを言ってくるのだろう。

責めるような言い方をされて、少しムッとしていると、ギュッと抱きしめられた。

突然のことだったので、思考が停止する。

厚い胸板と温もりを感じていると、背中にそっと回された腕に力が込められて、私はリカルドによって再び拘束《こうそく》される。

「なにかあったら頼ってくれ」

でも、迷惑じゃないの？　そう思うけれど、その気持ちを言葉にすることができない。

先ほどもルイーゼに言われたばかりだというのに。

そもそも婚約者がいるなら、他の女にそんな言葉をかけてはいけない。

もうやめて。

私が誤解する前に、一線を引いてほしいの。

これ以上踏み込んでしまったら、もう後戻りできない予感がする。だからこそ、自分の感情に蓋をしたのに。

私が両腕に力を入れ、彼の体をそっと押すと、彼は腕の拘束《こうそく》を緩《ゆる》めた。

「大丈夫。リカルドは心配性ね」

「心配にもなる」

「なぜ、そんなに心配するの」

私のことは放っておいてくれて構わない。先ほどみたいに、リカルドは仲間に囲まれて、きらびやかな世界で笑っていればいいのよ。

「それはサヤだからだ」

私の目を真っ直ぐに見つめ、そう言い切ったリカルドは、どこか緊張しているように感じられた。

優しいリカルド。だが、その優しさは時に残酷だ。

場の空気を変えようと思い、話題を逸らす。

「そういえば、エルハンスは？」

なんとなく、彼は忙しいはずと思って口にする。

「……貴族たちの相手をして忙しいだろう。なにか用事でもあるのか？」

途端、リカルドの声が若干低くなる。

「いえ、特にはないわ」

「なぜエルハンス様を気にする？　サヤは……」

その後に続く言葉を、リカルドは呑み込んだ。彼は小さくため息をついたあと、顔を上げた。

もう一度、真っ直ぐに私を見つめ、なにかを言いたそうに唇を動かす。

そして、視線を逸らしたあと、口を開いた。

「部屋に戻るのなら送ろう」

「ありがとう」

そうしてリカルドは歩き出した。私はその二歩後ろを続く。

本当は、助けてくれてありがとうと伝えたかった。

なのに、言いそびれた。

いつもこう。私とリカルドの間には見えない壁がある。

リカルドも時折、なにか伝えたいことがありそうな態度を見せるが、それを決して口にはしない。だから、私も聞かない。

本音をしまっているのは、私と同じね……

私は自嘲《じちょう》気味に笑うと、暗い廊下の中、リカルドの背中をひたすら無言で追いかけた。

翌日の早朝、いつもと同じ時間に目を覚ます。

昨夜は遅くまでにぎわっていたことだろう。だが、私の気分は浮かないままだ。

ベッドから起き出して着替えを済ませると、窓辺に置いてあるエメットのポットに水をやる。エルハンスから贈られて以来、ずっと世話をしているが、最近ではたくさんのつぼみが開き、花が咲いてくれた。その成長を嬉しく感じて、息を吸い込む。

大地の花々よ　自然の恵みよ
その輝きは生命の証《あかし》
つぼみをつけ　花を咲かせ　周囲を照らす

こうやって花の世話をしつつ歌をそっと口ずさむのが、毎朝の日課となっていた。気持ちがすっきりしてくるのだ。

そうしていると扉がノックされ、侍女が入室し、朝食の準備が整った旨《むね》を伝えられる。

「今から行くわ」

階下に向かうと、先に席に座っていた人物に話しかけられた。

「おはよう、サヤ」

「おはよう、エルハンス」

忙しいエルハンスが、朝食の席にいるなんて珍しい。

しかし、エルハンスの顔色はさえない。

「昨夜はご苦労さまだったね。サヤも疲れただろう」

労《ねぎら》いの言葉をかけてくれた彼に笑顔で答える。

「いいえ、私はただオリガの側にいただけよ。それよりも具合が悪いの？　顔色が悪いわ」

そう問うと、エルハンスは力なく笑った。

「昨夜は遅くまで盛り上がってしまってね……しばらくワインは見たくないな」

苦笑するエルハンスは、どうやら二日酔いらしい。

無理しないでね、と声をかけ、席についた。すると、思い出したようにエルハンスが聞いてくる。

「そういえば、サヤにあげたエメットは元気かい？」

「ええ、とっても元気よ。今朝も花が開いていたわ。つぼみもたくさんつけているし、これから先も楽しみよ」

「それはよかった」

笑顔で答えると、エルハンスは満足そうにうなずく。

その時、扉が開き、オリガが入ってきた。彼女はエルハンスの姿を見て嬉しそうに頬を染める。

「エルハンス様、おはようございます」

「やあ、オリガ。おはよう。そして昨日はお疲れさま」

エルハンスが笑顔を見せ、二人で談笑する。

オリガは瞳を輝かせ、エルハンスの話に相槌《あいづち》を打っていた。熱意のこもる視線を彼に向けている彼女を見ていると、本当に彼のことが好きなのだとわかる。

しばらくすると朝食が運ばれてきた。だがエルハンスは食欲がないようで、紅茶を一杯だけ飲むと、すぐに席を立った。

「もう行かなくちゃ。オリガ、聖女としての務めを頼んだよ。あとサヤ、オリガの力になってやってくれ」

きっとエルハンスは具合が悪いのをおして、労《ねぎら》いの言葉をかけるためにわざわざ顔を見せに来たに違いない。彼はそういう気配りができる人だ。それに周囲をよく見ている。

エルハンスが去ったあと、オリガは表情を曇《くも》らせた。

「エルハンス様、もっとゆっくりしていってくれてもいいのに」

「お忙しいのよ、きっと」

二日酔いでも、そうは言っていられないのだろう。王子としてやるべきことはたくさんあるのだ。

「でも、サヤばかり話してずるいわ。エルハンス様がいらっしゃるのを知っていたのなら、もっと早めに来たのに」

不満そうなオリガをなんとかなだめようと、口を開く。

「ごめんなさいね、朝食を食べたら祈りの塔へ向かいましょう」

「でも、昨日は忙しかったから、今日は疲れたわ」

まだ朝だというのに、オリガは乗り気じゃないと言い訳を始める。

「ねえ、明日からにしましょうよ」

どうやらオリガは、疲れたことを理由に、さぼろうと思っているらしい。

「でも、聖女としての務めは果たさないといけないわ。少しの時間でいいから、行きましょうよ。エルハンスも言っていたでしょう？」

すると、オリガは大袈裟《おおげさ》なぐらいのため息をついた。

「だから、明日からにするって言っているわ」

「でもね、毎日祈りの塔へ行くのが決まりなのよ」

しばらく押し問答が続いたが、オリガは折れる気はないようだった。険悪なムードで、美味《おい》しいはずの朝食の味もわからなくなってくる。

それからも諦めずに誘っていたら、とうとうオリガが大きな音を立て、手にしたフォークをテーブルの上に置いた。そして、こちらに鋭い視線をキッと投げたと同時に、激しく反論する。

「行かないったら、行かないわ！　明日から行くって言っているでしょう‼　そんなに行きたいなら、サヤが私の代わりに行ってよ」

ああ、これはもうダメだ。私もしつこく言いすぎたかもしれないと、言葉に詰まる。

オリガは怒りもあらわに、そのまま席を立つ。

「もう、こんなんじゃ、食事だって美味《おい》しくない。サヤのせいよ。私は絶対行かないからね」

一方的にまくしたてたオリガは、部屋から出ていった。

彼女が荒々しく扉を閉める音が部屋に響き、自分の説得は無駄だったと改めて思い知る。

私は椅子に深くもたれかかり、天井を見上げた。

「ああ、疲れたな……」

オリガは疲れたと言っていたが、それは私も同じだ。

私、こんなんでやっていけるのかしら。オリガに聖女としての自覚を持たせようにも、道は険しい予感がする。

早朝から気が重くなってしまい、大きなため息をついた。

するると、広間の扉が開く音がした。オリガが、気が変わって戻ってきたのかもしれないと顔を向けたところ、そこにいたのはリカルドだった。

オリガとのやり取りが聞こえていたのか、彼は苦笑している。

「だいぶ疲れているようだな」

「ええ、そうね。見ての通りよ」

これじゃあオリガを教育するよりも、私が聖女を務めていた方がはるかに楽だ。むしろ私の歌でも祈りを捧げていることになるのなら、喜んで歌いたい気分だった。

だけど、今の私は聖女じゃない。あくまでも教育係だ。

人を変えようとすることは、すごく難しい。そう実感し、紅茶を飲み干した。

その後、部屋に戻る前にオリガの部屋の扉を叩いてみたが、返事はなかった。きっとまだ私に腹を立てているのだろう。だから居留守を使っているのだ。

ここで無理に扉をこじ開けても、オリガの心までは開いてもらえない。

そう思ったので、諦めて部屋に戻ってきた。

ソファにもたれかかり、目を閉じているとノック音が響く。

オリガかもしれないと考えて、慌てて返事をすると、扉が開かれた。

するとそこにいたのはリカルドだった。

「エルハンス様にオリガの状況を伝えた。今はギルバートが説得しているが、なかなか厳しいらしい。エルハンス様は苦笑していた」

たぶん、オリガも意地になっているのだ。そんな気がした。

「サヤ、今日は一緒に出かけないか？」

「えっ、私と？」

予想もしていなかったリカルドからのお誘いに驚き、つい聞き返した。

「オリガの様子では、今日の勤めは難しいだろう。今日は、サヤは休みをとっていいとエルハンス様から言付かってきた。だから出かけないか」

嬉しさが湧いてきて、うなずこうと思ったが、少し悩んだ。休みをもらったのなら、リカルドだってやりたいことがあるんじゃない？　それこそルイーゼと出かけたりはしないのだろうか。

迷ったけれど、せっかくの街へ出かけるチャンスを逃《のが》したくなかった。一人で街へ出ることは許されないが、リカルドと一緒なら大丈夫だし、気晴らしに城から出たい。どこへ行くのかわからないけれど、ずっとこの部屋にいては息が詰まってしまう。

「今から準備をするから、待っててくれる？」

リカルドはうなずき、階下で待つと告げて部屋を出ていった。

動きやすいワンピースに着替え、リカルドと合流する。リカルドもいつもみたいに装飾品のついている上着は羽織《はお》っておらず、白いシャツを着こなしたラフな格好だった。

だが、どんな格好をしても似合っているし、変わらず動作の一つ一つに上品さが感じられる。育ちのよさが全身からあふれ出ているのだ。

「行きましょう」

いつもと違うリカルドに、ドキドキしながら声をかけた。

彼と共に馬車に乗り込み、しばらく揺られていると、見覚えのある街並みが近づいてくる。街道を進むと、教会が見えてきた。

「久々に会ってくるといい」

「いいの？」

リカルドの言葉に、はやる気持ちを抑えつつ、馬車を降りて教会へ向かう。すると、一人の少年が庭の掃《は》き掃除をしていた。――マルコだ。私の気配に気づいたのか、彼はゆっくりと振り返る。

そして私を視界に入れ、目を丸くして驚いていた。

「サヤさん!!」

「久しぶりね、マルコ」

ちゃんと挨拶《あいさつ》をしないまま別れてしまったので、申し訳なく思っていたのだが、マルコは屈託《くったく》のない笑顔で迎えてくれた。

「どうぞ、中に入ってください。アルマン神父も呼んできます」

マルコは興奮しながら、教会の奥へとアルマン神父を呼びに向かう。私はその間、礼拝堂に入り、中をぐるっと見回した。

壁のヒビは修復され、聖女の像にはたくさんの花々が捧げられている。

また、長椅子の数も前より増えていた。

私がいた時よりも、管理が行き届いている様子だ。それにしても、相変わらずこの空間はとても心地よい。心が落ち着いてくるのを感じていると、バタバタと足音が聞こえてきた。

「アルマン神父、こっちです!!」

やがて、マルコに連れられたアルマン神父が顔を出す。私は、変わらぬ笑顔を向けてくれたアルマン神父にそっと頭を下げた。

「ごぶさたしております。アルマン神父」

「サヤさん、元気にしていましたか？」

「はい。いきなり教会に来なくなって申し訳ありません。それに、きちんとした挨拶《あいさつ》もできないままで……」

この教会に通うと約束しておいて、急に来られなくなったことが、実はずっと引っかかっていたのだ。

だが、アルマン神父はにっこりと微笑む。

「歌い手の女性が定期的にいらしてくれることになって、今の教会は前のように活気を取り戻しています。これもサヤさんのおかげです」

「いえ、私はお礼を言われるようなことはしていません。それをしてくれたのは――」

歌い手の女性を手配してくれたのは、エルハンスやリカルドだった。

「ですがサヤさん。あなたの歌声を聞きたいと言ってくる方も多いのですよ。ですから今日は、歌い手として参加しませんか？」

アルマン神父からの急な申し出に驚いて目を丸くした私だが、即座に飛びつく。

「いいのですか？」

「ええ、私自身も久々にサヤさんの歌声を聞きたいです」

アルマン神父のありがたい言葉に、笑顔になる。

側で話を聞いていたマルコも笑顔になり、すぐに着替えを用意すると言ってくれた。

私は、礼拝堂の隅の壁に寄りかかっていたリカルドに近づく。

「あのね、一緒に歌ってきてもいいかしら？」

時間の都合もあると思い、ここに連れてきてくれたリカルドに確認をした。

彼は口の端を上げて微笑すると、小さくうなずく。

「ありがとう。リカルドも聞いてくれると嬉しい」

素直な気持ちでそう口にした私は、子供たちが待機している礼拝堂の裏へ足を向けた。


それから、子供たちと讃美歌《さんびか》を歌った。

久々に子供たちと声を合わせ、自分自身でも心から感じる。

ああ、私、歌うことが大好きだ――

気持ちよく歌っている間、リカルドは腕を組んで、壁の隅に寄りかかったままだった。

静かに目を閉じた姿は、まるで讃美歌《さんびか》に聞き入っているみたいに見える。

私は感謝を込めて、讃美歌《さんびか》を歌う。

この歌を聞いてくれる人々へ、そしてリカルドへ――

日頃の感謝の気持ちが少しでも届きますようにと、祈るような気持ちで歌い上げた。

「ありがとうございました、また来てくださいね」

マルコの声のあとに、子供たちの声が続く。

「また来てね、サヤお姉ちゃん!!」

「また来てー」

子供たちだけではなく、アルマン神父もわざわざ見送りに来てくれた。むしろお礼を言いたいのは私の方だ。挨拶《あいさつ》もせずに来なくなったのに、また一緒に歌わせてくれてありがとう、と。

この教会で子供たちの笑顔に囲まれ、とても癒《いや》された。私は満ち足りた気持ちで、教会をあとにする。

街外れに待たせている馬車へ向かう途中、隣を歩くリカルドに声をかけられた。

「街へ行くか」

「え？」

てっきりこのまま城へ戻るのだと思っていたので、彼の誘いに驚いてしまう。

「嫌か？」

リカルドが私の顔をのぞき込んでたずねてくるが、嫌だなんてとんでもない！

「いいの？」

リカルドこそ、今日一日私のために潰してしまって大丈夫なの？

私に気を遣っているのか、リカルドは笑いながら答える。

「今日一日はサヤの望むように過ごす。そのために、ここへ来たんだ」

優しげに微笑む彼の目を見つめ、私は素直に口にする。

「ありがとう」

だが、直後にすごく恥ずかしくなり、話を逸らした。

「じゃあ、久々に街を歩きましょう！　街の皆にも挨拶《あいさつ》をしたいわ」

はしゃいだ声を出し、街の中心方向を指さす。

リカルドは笑顔のままうなずき、街の商店街を二人で歩いた。

「おや、サヤじゃないか！」

「お久しぶりです」

最初に声をかけてくれたのは、パン屋のおじさんだった。

ここのパンは庶民に人気で、いつも行列ができている。

硬めのパン生地に数種類の野菜と、甘辛いたれで煮込んだベーコンを挟んだロットサンドというパンが売りだった。

私もこの街に住んでいた時、教会からの帰りによく立ち寄ったものだ。

「元気にしていたかい？　急に顔を見なくなったから、心配していたよ」

「ええ、とっても元気よ」

「それで、今はどこにいるんだい？」

おじさんがなにげなく聞いてきたけれど、返答に困ってしまう。

まさか城に住み、聖女の教育を任されているとは言えない。

しばらく黙り込んでいると、隣に立つリカルドがスッと前に出た。

「彼女は知人の家に住み込みで、歌を教えている」

リカルドが私に代わって説明した内容に、おじさんは目を丸くした。

「へぇ～。たいしたもんだな。だが、たまには教会にも来てくれよ。サヤの歌声を聞くと元気になるしな」

どうやらおじさんは、リカルドの説明に納得したようだ。

リカルドからの助けをありがたく思い、ありがとう、と目配せをする。

すると、リカルドは小さくうなずいた。

「おっ、そうだ。ちょっと待っててくれよ」

パン屋のおじさんが、そそくさと店の奥へ向かう。しばらく待たされたあと、おじさんは袋を手にして戻ってきた。

「これ、今日の売れ残りで悪いけど、持っていってくれ」

「え、でもお代……」

「いいんだ！　ほら」

なかば強引に手に押し付けられたが、この店のパンが売れ残ることはほぼない。それだけ人気のあるお店だった。

おじさんは私がお代を払おうとすることをわかっていて、気を遣わせまいとしているのだ。

一ヶ月だけ暮らした街で、こんなにも優しくしてくれる人の温かさが心に染みる。

私は、おじさんの親切をありがたく受け取ることにした。

受け取った袋からパンの香りが漂《ただよ》い、思わず笑顔になる。

「わあ！　ありがとう！　すごく美味《おい》しそうだわ」

その言葉に、おじさんは得意げな顔をしてニンマリと笑う。

「新作のクルミパンも入っているから、あとで感想を聞かせてくれよ」

「ええ、わかったわ」

その後も軽く立ち話をしていると、おじさんがこそっと耳打ちをしてきた。

「一緒に来た人は、サヤのいい人かい？」

「ち、違うわよ」

私がおじさんと話し込んでいる間、リカルドは距離を取り、街並みを眺めていた。

彼も、きっと気を遣ってくれているのだろう。

「急にいなくなって心配したけど、あんなにいい男が側にいたら、安心だな」

「違うってば！」

いくら否定しても、おじさんは信じようとはせず、むしろからかってくる。

この街の人たちはよくも悪くも噂《うわさ》好きだ。いい話も悪い話も、すぐに広まってしまう。

「そんなことを言うなら、もう行くからね」

「おう、また来てくれよ!!」

照れ隠しに怒ったふりをしながらおじさんに別れを告げ、店をあとにした。

その後も商店街を歩いていると、いろんな人に声をかけられる。

「サヤじゃないかい!!」

「お久しぶりです」

こんな風に声をかけられては立ち話になるので、一向に進まない。

そして、そのたびに皆が店の商品などを手渡してくる。

「とれたての果実だよ。蜜が入っていて甘いから、持っていきな」

「おばさん、ありがとう」

美味《おい》しそうに熟した果物を二つ手にして、私はお礼を口にする。

あまりにもいろいろもらったので、バスケットが必要になり、途中で購入した。

私はバスケットにたくさん入った頂き物を見て苦笑しながら、それを持つリカルドにお礼を言う。

「ありがとう。重くなってきたんじゃない？」

すると、リカルドは小さく首を横に振る。

「大丈夫だ。この街の人々と接している姿を見て、サヤがどのように過ごしていたのか、だいたい想像がついた。——寂しくはなかったのだな」

不意に真っ直ぐに見つめられ、言葉に詰まってしまう。

寂しいと、思わなかった訳じゃない。

最初は、不安と混乱で涙しそうになった日もあった。

でも、教会で歌うことで顔見知りが一気に増えて、街へ出れば必ずと言っていいほど、誰かに声をかけられるようになったのだ。

少しずつ、自分の存在が認められたような気がして、嬉しかった。

だが、問題は夜だ。

宿で一人になると、おのずと聖女だったあの頃のことを思い出してしまっていた。

今頃、城の皆はなにをしているのかと、気になったこともあった。

そのたびに、自分がいなくなっても平気で暮らしているのだろう、もう自分には関係のないことだと、無理に忘れようとしたのだ。

その時、胸に浮かんだ感情は、紛《まぎ》れもなく『寂しい』だった。

だが、それを口にはしない。

私はリカルドの視線を受け止めながら、口を開く。

「寂しいと思う暇もないくらい、忙しかったかな」

半分は事実で、半分は嘘だ。

私はわざと笑みを浮かべ、逆に問いかけた。

「リカルドは寂しかったの？」

冗談を含んだ声色で、首を傾げる。

すると、リカルドは一言だけ答えた。

「ああ」

耳に入ってきた力強い言葉を聞き、ハッとする。

その声は、決して冗談とは思えなかったからだ。

真顔のリカルドに、私も真顔になってしまう。

私がいなくなって、寂しいと思ってくれたの？

帰還の儀式の前は引きとめたりもしなかったし、いつもと変わらぬ態度だった。

だけど、いなくなって気づいたとでもいうの？

それとも社交辞令？

この後に続ける言葉に迷う。

いっそ、思い切って聞いてみようと決心して、顔を上げた。

「あのね――」

今だけは少しぐらい素直になってみようと、勇気を振り絞ったその時――

「おや。サヤ!? サヤじゃないか」

懐かしい声に視線を向けると、そこにいたのは宿屋のおかみさんだった。

「おかみさん!!」

「サヤ、元気にしていたかい？」

変わらぬ様子で微笑んでくれたその顔を見て、ホッとした。

「なんだい、みずくさいね。街に来たのなら、寄ってくれてもよかったじゃないかい」

おかみさんは買い物に来ていたのだろう。バスケットの中には、たくさんの食材が入っている。

「もちろん、おかみさんのところへも行くつもりだったわ」

弁解すると、おかみさんは豪快に笑った。

「じゃあ、あとから宿においでよ。お茶でも飲もう」

「ええ」

嬉しくなってうなずくと、おかみさんが耳打ちをしてきた。

「サヤのいい人も連れておいでよ、ねっ⁉」

そうだった、おかみさんは私とリカルドのことを勘違いしているうちの一人だったんだ。

「彼はそんなんじゃないわ。お世話になっているだけなの」

「へー、そうかい」

おかみさんは口ではそう言いながらも、絶対に信用していない。顔がにやけている。

「あとで顔を出すんだよ！」

そう念を押して、おかみさんは商店街の人混みをすり抜けていった。

その背中を見つめ、どこかホッとしている自分がいる。

さっき、リカルドの真意を聞こうとしていた勇気は、消えてしまっていた。

だけど、それでよかったのかもしれない。

聞くのが怖いから——

「サヤ」

急にリカルドから名を呼ばれて、我に返る。

「ですって、リカルド!! 最後はおかみさんの宿に挨拶《あいさつ》をしないとね」

なにか言いたげなリカルドに向かって明るい声をかけ、なんにもなかったように振る舞った。

それから商店街を歩き、やがて時計台の下にたどり着いた。

大きな時計台はレンガ造りで、見上げるとすごく高く感じられる。

リカルドの説明によると、時計台には鐘つきを担当する男性がいるという。

朝、昼、晩と、一日に三回、毎日同じ時間に鐘を鳴らすらしい。

「これだけの高い時計台に上《のぼ》るなんて、すごいわ。それも一日三回だなんて」

「鐘つきは、街の人々に時間を知らせるのが自分の役目だと、誇りを持っているそうだ」

祈りの塔へ日に一度上《のぼ》るだけでも疲れるのに、三回も上《のぼ》るのは、大層疲れるだろう。

感心すると同時に、クスリと笑う。

「オリガに聞かせてあげたいわ」

彼女も、使命感に燃えてくれるといいのだけど。

一回上《のぼ》るだけでも文句を言い、時にはさぼりたがるオリガ。

彼女は足が痛いとか、疲れたとか理由を述べるけど、本当にそれだけなのだろうか。

本当は別の理由があるのを、ごまかしているのかもしれない。

そんなことを考えつつ、改めて時計台の下に立って見上げる。

真っ直ぐに空に向かってそびえ立つ時計台は、祈りの塔と同じぐらいの高さだ。

ずっと見上げていると、リカルドが聞いてきた。

「上《のぼ》ってみたいか？」

「ええ。機会があったら上《のぼ》ってみたいわね」

冗談だと思って返事をすると、リカルドはスタスタと歩き出した。そして時計台の裏側に回る。

そこには時計台への入り口があった。

彼は見るからに重そうで頑丈そうな扉を開けて、中へ進む。

ちょっと、リカルドってば、勝手に入っちゃって大丈夫なの？

焦っていると、リカルドが扉の向こうから顔を出し、手招きで私を呼ぶ。そちらに足を向け、扉の奥に入ると広いスペースがあった。中はちょっとした部屋のような造りになっているらしい。

そこに、初老の男性がいた。彼が見張り番だろうか。

「こんにちは」

挨拶《あいさつ》をすると、男性は被っていた帽子を脱ぎ、頭を下げた。

「上《のぼ》ってみてもいいか？」

リカルドが声をかけると、彼は愛想よく返事をする。

「はい、大丈夫ですよ。リカルド様がいらっしゃるとは久々ですね」

久々ってことは、何度か足を運んだことがあるの？

もしや、時計台は一般開放もしているのだろうか。疑問に思っていたら男性が説明してくれた。

「時折、リカルド様のように時計台に興味を持たれる方がいらっしゃるので、ワシらはその案内のためにも、こうやって時計台の見張り番についているのですよ」

そう言いながら、男性は胸元から鍵の束《たば》を取り出した。

彼のあとについて部屋の奥へと進んだところ、古びた扉があった。男性がその鍵穴へ鍵を入れ、クリッと回すと簡単に扉が開く。

その向こうにある階段はらせん状になっていて、上の方まで続いている。

結構急な階段で、足元は暗かった。

男性は一度どこかへ行き、火の灯ったランプを手にして戻ってくる。

「ささ、リカルド様、お嬢様。これで足元を照らしてお進みください」

「ありがとう」

リカルドがランプを受け取ると、男性は笑顔で私たちを見送った。

「くれぐれも足元にお気をつけて。転んでケガなどしませんよう」

男性の忠告を背中で聞きながら、時計台の頂上目指して階段を上《のぼ》り始める。

私が先頭になり、一歩一歩進む。

階段は、人がすれ違うのがやっとなぐらいの狭さだ。

しばらくすると、足がプルプルと震え、息が切れてきた。

これは結構きついわ……

「思っていたより、疲れるわね」

階段の手すりに手をかけ一息つくと、後方のリカルドがクスリと笑った。

「俺のことは気にせず、ゆっくり進め」

そう気遣ってくれる彼の呼吸は、ちっとも乱れていない。

「もう少しで頂上だ」

リカルドは、確信があるらしい口ぶりだ。

先ほど会った見張り番の男性との会話といい、リカルドはここに何度か上《のぼ》ったことがあるのだろうか。

そんなことを考えつつ気力を振り絞り、頂上を目指す。

やがて、汗だくになった頬に風を感じた。

ランプの灯りだけを頼りに進んでいた私たちの周囲が、ようやっと明るくなり始める。

もしかして、もうすぐなの？

私は一気に階段を駆け上がった。

最上階に扉はなく、階段の向こうに明るい世界が広がっている。無事に最上段へたどり着いた私は、外の世界へ飛び出した。

風が強く吹き、髪がなびくのが心地よい。

上《のぼ》り切った達成感、そして目の前の景色に、思わず息を呑んだ。

時計台の頂上には大きな鐘があり、そこには鐘を鳴らすための、麻《あさ》で編《あ》んだ太い紐が幾重《いくえ》にも重なってぶら下がっていた。

真下で見てみると、鐘の大きさがよくわかる。

頂上はバルコニーみたいになっており、鐘と落下防止の柵《さく》以外なにもない。

私は胸の高さまである柵《さく》に手を乗せ、風を感じる。

「気持ちいい」

なによりも素晴らしいと思ったのは、眼下に広がる風景だ。街の商店が並ぶ先、教会までもが望める。商店で買い物をしている客が、とても小さく見えた。

グルッと反対方向を向くと、木々が生《お》い茂《しげ》るのが視界に入る。

さらに遠くには、緑に囲まれた城。その隣にそびえ立つのは祈りの塔だ。

聖女時代は、祈りの塔へ上《のぼ》ってこの時計台を眺めていた。

でも、今は時計台に上《のぼ》り、祈りの塔を眺めている。以前と逆の状況に、笑ってしまった。

街に行った時も感じたけれど、祈りの塔から見えていた場所にこうやって立っているだなんて、不思議な感覚だ。

「あまり身を乗り出すな。危険だ」

いつの間にか隣に来ていたリカルドの忠告を受け、柵《さく》から手を離した。

頂上は風が強く、私はなびく髪を手で押さえながら口を開く。

「すごい景色ね。いつもあそこで見ていた景色とはまた違うわ。ありがとう、リカルド」

そこで、気になっていたことをたずねてみた。

「リカルドは前にもここへ来たことがあったの？」

すると、彼がゆっくりと顔をこちらに向ける。

「……ああ。サヤが聖女だった頃、何度か上《のぼ》ったことがある」

その頃、私は必死になって祈りの塔へと毎日通っていた。

「なんだか不思議ね、私がいつも見ていた時計台から、祈りの塔を眺めるだなんて」

クスリと笑うと、リカルドが言う。

「見てみたかったんだ。サヤがいつも眺めている景色を」

その言葉に、ドキリとする。

ぎこちなく視線を向けると、真面目な顔でこちらを見つめるリカルドがいた。

私は、動揺をごまかすために言葉を探す。

「……歌いたいわ」

急にそう感じ、素直に口にした。さっき教会でも歌ったばかりなのに。

壮大な景色を目の当《ま》たりにして、心が開放的になったためかもしれない。

私は目を閉じて息を吸い込み、歌い始めた。

大地よ　緑よ　花よ

その美しさを褒《ほ》めたたえん
移り変わりゆく景色の中　自然と共に人は生きゆく

たったワンフレーズだったけれど、とても満ち足りた気持ちになる。

「本当にありがとう、ここに連れてきてくれて」

「ああ」

改めてお礼を伝えると、リカルドは小さくうなずく。

それから、上《のぼ》ってきた階段を下りた。

階下に到着すると同時に、男性が笑顔で近寄ってくる。

「お疲れになったでしょう。どうでした、景色は？」

「すごく素敵だった。また上《のぼ》りたいわ」

「それはよかったです」

疲れたけれど、それ以上に達成感がある。何度でも来たいと思わせる、不思議な場所だった。

「リカルド様がここに誰かを連れてくるなんて、初めてですね」

にこにこと笑顔で話す男性に、リカルドはなにかを手渡した。

「最近、朝晩冷えこむ。このレンガ造りでは寒かろう。これで温かいものでも食べるといい」

「いつもありがとうございます」

どうやら硬貨を手渡したらしく、男性はそれを嬉しそうに握りしめる。

彼は時計台から出た私たちを、扉の外まで出て見送ってくれた。

「あの人は、時計台の下に住んでいるの？」

「あそこに何人かが交代で住んで、見張り番をしている」

無人だと、いたずら目的で時計台を上《のぼ》る人もいるためだとか。

納得していた私に、リカルドが問いかけてきた。

「あと、寄る場所は？」

「宿のおかみさんのところ‼」

顔を出さなくては、不義理だ。それに、約束したので待っているだろう。

「では手土産《てみやげ》でも持っていくか」

「おかみさんは甘いお菓子が好きだから、喜ぶかも」

それから商店街へ戻り、甘い焼き菓子を売っているお店に顔を出す。

そこで買ったお菓子の詰め合わせを片手に宿へ行くと、おかみさんはとても喜んだ。

リカルドは気を利かせてくれたのか、外へ出てくると言って出かけた。

二人になると、ここぞとばかりにおかみさんの質問攻めにあう。

「で、本当のところ、どうなんだい!?　あの男性との関係は!?」

「彼は私がお世話になっている人だわ」

何度そう説明しても、おかみさんは納得しなかった。

「あんたは若いし、気立てもいいし。それに、なんとも思ってなきゃ、二人で街になんて来ないだろう」

「いや、彼は私のことを心配してくれているから……」

「それだよ、それ!!　どうでもよかったら、心配なんてしないよ」

「彼が優しいからよ。私になんか……」

すると、おかみさんは腕を組み、ため息を吐き出した。

「サヤ、そんなに自虐的にならなくても、あんたにはいいところがいっぱいあるよ。もっと自分に自信を持ちな」

おかみさんは、私の頑《かたく》なな態度に呆れているみたいだ。

「一番肝心なのは、サヤが相手をどう思っているかだけどね。もしいいと思っているのなら、遠慮せずに、ぶつかってみるのも手だよ」

「若いうちはね、無鉄砲《むてっぽう》に相手へ向かっていってもいいんだ。ただ、後悔だけはしないようにね」

「おかみさん……」

ポンと私の肩を軽く叩いたおかみさんの、手の温かさを感じる。

『後悔だけはしないようにね』

おかみさんの言葉を、胸の奥で繰り返す。

もしあの時、帰還の儀式が成功して日本に帰っていたら、私は今頃どうしていただろう。後悔していたのかしら？　だとすれば、それはいったいなにに対して……？

ふと考え込むと、おかみさんが笑う。

「そんなに深刻な顔をして。あんたは笑っている方が可愛いよ」

その時、扉の方で物音がして、おかみさんがそちらへ顔を向けた。

「おや。帰ってきたみたいだね」

リカルドが戻ってきたらしい。ということは、もうそろそろ帰る時間だ。

私はおかみさんへ挨拶《あいさつ》をすると、リカルドと共に宿をあとにした。

充実した一日を過ごし、体も心もリフレッシュできた気がする。帰りは馬車に揺られながら、まったりと過ごしていた。その途中、ふと窓から見た景色で、見覚えのない道を進んでいることに気づく。

「リカルド、まだどこかへ行くの？」

質問すると、リカルドは静かにうなずいた。

「もう少しだけ付き合ってくれ」

きっとなにか用事があるのだろうと思ったので、私もうなずいた。

外は日が沈みかかっている。

目に入る夕日を眩《まぶ》しく思いながらも、私は外の風景を楽しむ。

馬車は街を囲む森の間を抜け、小高い丘のある方を目指していた。やがて馬が足を止め、目的地についたと知る。

「降りるぞ」

リカルドに促《うなが》され、馬車を降りた。

「わぁ……」

途端に視界に飛び込んできた風景を目にして、私は思わず息を呑む。草原が、まるで緑の大海原《おおうなばら》みたいだった。

小高い丘の一面に咲く小さな白い花が風にそよぎ、周囲に甘い香りを漂《ただよ》わせる。

日が沈む前の夕焼けが、その花々を照らし、赤く染めていた。

目の前に広がる光景に、私はただただ見入った。

この景色を見ていると、自分の悩みなど、ちっぽけなことのように思える。

いつの間にか隣に立っていたリカルドに、つと視線を投げた。

「どうして、ここへ連れてきてくれたの？」

不思議に思って聞いてみると、彼は目を細め、優しい声で答える。

「いつか見たいと言っていただろう。忘れたのか？」

リカルドの返答を聞き、私は記憶を巡らせた。

もしかして、この場所は――

「ビスケの丘？」

そう問えば、リカルドは静かにうなずいた。

そうか、ここが……。改めて丘の光景を眺めつつ、私は以前のことを思い出す。

ちょうど半年ぐらい前、私宛《あて》に花束が届けられたことがあった。差出人は街の住民で、添えられたカードには『聖女様へ』と書かれていた。

『綺麗な花ね。なんて名前なのかしら』

『これはアプリエットだ』

甘い香りを振りまく白い花を見ていると、自然と頬が綻《ほころ》ぶ。すると、リカルドが続けて説明をしてくれた。

『アプリエットの花が一面に咲く、ビスケの丘という場所があるらしい』

『そうなの。素敵な風景なんでしょうね』

『行きたいか?』

『え?』

真剣な顔で聞かれて、一瞬戸惑う。聖女が城の外へ行ける訳がない。だけど、なぜリカルドはそうたずねてきたのか。不思議に感じたものの、私は思ったまま口にした。

『ええ、行ってみたいわ』

甘い香りのする花が一面に咲いている丘だなんて、どんなに素敵な場所なのだろう。想像するだけで、足を運んでみたくなる。実際には、それは無理だとわかっていたけれど。

『では、いつか連れていってやる』

静かに答えたリカルドに、つい意地悪をしたくなった。

『いつかって、いつ?』

私はこの城から出られないじゃない。そんな気持ちを込めて、わざと聞いてみたのだ。

『それは、サヤの務めが終わった時に』

リカルドの返答を聞き、言葉に詰まった。

私は、聖女としての務めを終えた時、元の世界へ帰ると決めている。だからビスケの丘に行くことはない。感傷的になりながらも、微笑んだ。

『楽しみにしているわ』

そう答えた私を、リカルドはどう思っていたのだろう。

そして今、私はビスケの丘に立っている――

不思議な気持ちを覚えつつ、リカルドをジッと見つめた。

彼はあの時のことを覚えていたのだ。そして、実現してくれた。

ただの口約束だと思っていたけれど、リカルドにとっては違ったというの？

まさかあの時から、本気で連れていきたいと思っていたの？

二人で並んで見る景色は想像以上で、私の胸を熱くする。

「リカルド……ありがとう」

私は彼の顔を見つめ、静かにうなずく彼に続けて問いかけた。

「リカルドは、どうして私に優しくしてくれるの？」

それは、ずっと感じつつも遠ざけていた疑問だった。

ただの、元護衛としての義務感なの？　だとしても、彼は優しすぎる。

勘違いしそうな自分自身を必死になって止めるのも、もう限界だ。

「それは……」

リカルドは一瞬、言葉に詰まる。私は彼の表情の変化を見逃さないように、見つめ続けた。

「俺は、お前を守りたいと思っている」

真っ直ぐな眼差しで告げられ、思わず聞き返す。

「なにから私を守るの？」

そう問えば、いきなり手首を掴まれた。驚いてよろけた体は、彼の腕によって支えられる。

「お前に危害を加えようとする者や、全ての危険からだ」

リカルドの逞《たくま》しい胸に包まれて、目を見張った。

先ほどまで鼻腔《びこう》をくすぐっていた甘い花の香りは感じない。その代わりに、清涼感あふれる香りが鼻先に届く。これはリカルドの香りだ。

頭上から、彼の低い声が響く。

「最初は、異世界からやってきた女性が聖女として祭り上げられることを、不憫《ふびん》に思う気持ちが強かった。だが、お前はそんな境遇でも気丈に立ち、前を見つめ続けた。時には涙することがあっても、投げ出すことはせず、立派に聖女を務めた」

「私、ずいぶんリカルドに八つ当たりをした記憶があるわ」

一番側にいた彼に対して、最初の頃は感情をぶつけたこともあった。今となっては申し訳なく、顔を逸らして口を開く。

「あの時はごめんなさいね」

ずっと心の底でくすぶっていた感情を、ようやっと口にできた。だが、どうにも恥ずかしくなり、視線は横へ向けたままだ。

「俺は嬉しかった」

「えっ……」

意外な言葉が聞こえ、顔を向けると、リカルドの真剣な眼差《まなざ》しとかち合う。

「サヤが、全ての感情をさらけ出すのは俺だけだと思うと、嬉しかったんだ。サヤの支えになりたいと感じるようになり、いつしか側に仕えることに喜びを見いだしていた。その役目を誰にも……たとえエルハンス様であれ、譲りたくはないと考えていた」

「いっぱい迷惑をかけたのに……？」

おずおずと切り出した私に、リカルドは言葉を続けた。

「迷惑だなんて思ったことはなかった。……俺は、サヤが帰ると決めた時、本人がそう望むなら、それが一番正しい道だと自分に言い聞かせた。だが、街の教会に現れた歌い手の娘の存在を聞き、いてもたってもいられなくなったし、再びサヤの姿を目にした時、喜びを感じてしまったんだ」

「喜び？」

「ああ。サヤの姿を目にした瞬間、俺は自分の本心を隠して帰還の儀式に臨《のぞ》んだのだと痛感した」

リカルドから告白されているような気持ちになり、胸がときめく。

鼓動が高まり、全身が熱を帯びてくる。

リカルドは私を好きなの？

そうたずねるのは簡単なことだろう。だが、突然のことで言葉が出てこない。私はリカルドの胸の中で、ひたすら自身の鼓動の音を聞いていた。

彼が私の両腕を掴む。その反動で、肩が揺れた。

リカルドは中腰になり、端整なつくりの顔をそっと近づけてくる。緊張で目を見開いている私に向かい、彼がささやいた。

「この国に残ることを考えてほしい」

まるで懇願《こんがん》するような口ぶりのリカルドの表情は、切なげにゆがんでいる。

彼の言葉を聞き、唇がわななく。

私たちは、しばし見つめ合った。

吐息が感じられるほどの距離で、リカルドが私になにを求めているのか、気づいた。

それは私の勘違いかもしれない。だけど、きっと同じ気持ちだと思った。いや、思いたかった。

私は瞬《まばた》きを一つすると、静かに顎《あご》を上げ、ゆっくりと目を閉じる。

ああ、どうか私の勘違いではありませんように。

願いを込めて、手を握る。

その時、リカルドが私の両腕を掴む手に、ギュッと力を入れたのを感じた。

そのまま、そっと重なり合った唇。

温かな触れ合いは、ほんの一瞬。それだけで全身が熱くなった。すぐに離れた温もりを寂しいと思う反面、心まで触れ合った気がして嬉しい。

静かに目を開けると、リカルドは微笑んでいた。

彼が、私の頬を手の甲でそっと撫でる。美麗な顔は、照れたように朱に染まっている気がした。だけど、これは夕日のせいかもしれない。

「いつか、返事が欲しい」

「返事？」

思わず聞き返すと、リカルドはうなずいた。それは、この国に残るかどうかについて言っているのだろう。

「ゆっくりでいい。考えてくれ」

照れたみたいに微笑したリカルドを見て、恥ずかしくなり、うつむく。

リカルドはフッと笑うと、私の手を取った。そして空を見上げ、つぶやく。

「風が出てきたな。そろそろ戻ろう」

そう言って、私の手を引き歩き出した。リカルドにギュッと握られたままの、私の右手。硬い手のひらや体温、指の長さと力強さを感じて、落ち着かない。

私はそうして彼に手を引かれ、馬車まで戻り、帰路についた。

第五章　聖女の力

あれから、私に対するリカルドの態度が少し変わった。優しいのは前からだが、以前より距離が近くなったような感じがするのだ。

私の方は、リカルドが側にいると心臓がドキドキして、その鼓動が彼に聞こえているんじゃないかと心配になる。

口づけしたことが頭から離れず、妙に意識してしまうのだ。

一方で、オリガがわがままなのは変わらない。困ったことだ。

彼女は今朝も、祈りの塔へ行くのは足が痛くて嫌だとか言いながら、ギルバートに連れていかれた。

最近では、本人の考えが変わらない限り、私がなにを言っても無駄な気がしている。

オリガが祈りの塔へと向かったあと、私は窓際に置いてあるエメットに水をやり、今日も歌を歌う。今では必要とされなくなった、私の祈りの歌。

「聞いてくれるのは、エメットだけね」

大輪の花を広げて咲き誇るエメットに向かい、声をかける。思っていたよりも成長が早くて、そろそろ植え替えも検討しなければいけない。今のポットでは窮屈《きゅうくつ》そうだ。

暇を持て余した私は、庭園に行くことにした。この時間でエメットを植え替えよう。

そう思い、廊下を歩いていると、向こう側からこちらへやってくる人物が見え、眉をひそめる。その人物はルイーゼだった。

私の姿を視界に入れると、彼女もまた眉をひそめた。

そして若干歩くスピードを上げ、こちらに近寄ってくる。私は体に緊張を走らせ、足を止めて彼女を見つめていた。

「こんなところでなにをしているの?」

上から目線な物言いは、相変わらずだ。だが、怯《ひる》まずに答える。

「庭園に行こうと思っているの」

「そう。暇なのね」

嫌味ったらしい言い方に不快になったが、これ以上は関わる必要がないと判断し、立ち去ろうとした。

「ちょっと待って」

その時、声をかけられる。無視する訳にもいかず、立ち止まって彼女を振り返った。

「もう、やめたら？」

「え？」

一瞬、ルイーゼが言った意味が理解できず、首を傾げる。

ルイーゼはわざとらしいため息をつくと、私をにらんだ。

「そうやって元聖女の肩書を利用して城に残るのは、いかがなものかしら。元の世界に帰れないのなら、次なる人生を歩めばいいじゃない」

そんなこと、ルイーゼに言われなくてもわかっている。余計なお世話だと返そうと思ったが、その前にルイーゼが言葉を続けた。

「あなたが城にいるのを、迷惑だと思っている人がいるって意味よ」

「それはリカルドについて言っているの？」

「そうよ。役目が終わったというのに、リカルドはいまだにあなたの側に置かれて、可哀想だわ」

まるで私がリカルドを無理やり引きとめているような言い方に、ムッとする。

だが、ルイーゼは私とリカルドが接近するのが気にくわないだけなのだ。

「可哀想？　それはリカルドが言ったの？」

そう問えば、ルイーゼが少し怯《ひる》んだ。そこで迷わず追撃する。

「あなたが私を気に入らないのはわかっている。だけど、リカルドにはもっと頼ってほしいと言われたわ。だからその言葉に甘えるつもりよ。これは私とリカルドの問題だから、あなたには関係ないわ、ルイーゼ」

はっきりと言い切ると、ルイーゼは悔しげに顔をゆがめた。

そんなに私が気に入らないのなら、直接リカルドに言えばいい。私にばかり風当たりを強くされるのも、我慢の限界だ。

「なによ……」

ルイーゼは、よりきつい視線を投げてきた。

「あなたがいなければ、私とリカルドは今頃式を挙げていたのに!! あなたがまだここにいるのが悪いのよ!!」

「リカルドと式……?」

思わず聞き返すと、ルイーゼは今だとばかりに、まくし立てた。

「そうよ、あなたさえいなければ!! なのに、あなたがいるから予定が狂っているのよ!! 人の幸せを邪魔しておいて、関係ないだなんて、よく言えるわね!!」

激しい剣幕で怒鳴るルイーゼを前にして、混乱してしまう。

先日、リカルドと一緒に出かけた時のことが脳裏をよぎる。

私を守りたいと、この国に残ってほしいと言われた。あの言葉を信じたい。本当は、ルイーゼとはなんでもないのだと思いたい。

「でも、国に残ってほしいと言われたわ」

精一杯の強がりを口にすると、ルイーゼは口に手を当てて笑い出す。

「バカね、そんなことを真に受けたの？　そりゃあ、この国に残ってほしいに決まっているじゃない。代が変わっても、元聖女ですもの」

その台詞《せりふ》に、衝撃を受けた。

「リカルドだって、あなたがこの国に残った方がわかりやすく功績も残せるし、都合がいいだけ。だから、勘違いしないで!!　女性として必要とされている訳じゃないわ」

興奮して息が荒くなったルイーゼは、顔を真っ赤に染め、目を腫《は》らして、涙ぐんでいる。よく見れば、まるで号泣したあとのような顔だ。

「あなたの顔なんて見たくない!!」

ルイーゼは一方的に捨て台詞《ぜりふ》を残すと、踵《きびす》を返す。

その背を見つめ、私はしばし立ち尽くす。

リカルドに、国に残ってほしいと言われて、嬉しかった。だけど思い返せば、好きだとは、言葉にされていない。

そもそもルイーゼは本当に婚約者なの？　噂《うわさ》を聞いて信じ込んでいたけれど、リカルド本人の口からは聞いたことがない。

婚約していたのなら、私に口づけなどしないはず。リカルドはそんな不誠実な人ではない。

そう考えるものの、ルイーゼの声が頭に響き、混乱してしまう。

冷静になろうと思っても、今は無理だ。頭の中をぐるぐると巡るルイーゼの言葉を聞きながら、うつむいて廊下を進んだ。

もう、庭園に行くどころじゃない。部屋に戻ろうか。

だが、戻ったところで気分が晴れる訳じゃない。

やはり、エメットを大きいポットに移そう。庭園に行けば庭師がいるはずだから、手順を聞かねば。手を動かしていれば、少しは気が紛《まぎ》れるだろう。

うつむいたまま歩いていると、後方から声がかかった。

「サヤ」

それは今、もっとも聞きたくない人物の声で、肩が揺れる。

「リカルド」

名を呼ばれ、どうしても引きつった表情で返答してしまう。

「どこかへ行くのか？」

そう聞いてくるリカルドには、別段変わった様子はない。彼の顔をジッと見つめ、勇気を出して言ってみた。

「さっき……ルイーゼに会ったわ」

「そうか」

リカルドはルイーゼが来ているのを知っていたようで、驚いた素振りを見せない。あまりにも普段と変わらぬリカルドに、本音をぶつけたくなった。

ルイーゼと式を挙げるつもりだったの？

だが、それを聞くには勇気が足りなかった。

胸が苦しくなり、目をギュッとつぶると、リカルドがのぞき込んでくる。

「具合でも悪いのか？」

目を開け、そっと顔を上げると、リカルドの顔が視界に入った。

私の顔にリカルドの影がかかるほどの近い距離で、心配そうにこちらを見つめる視線。

この優しさを向ける相手が、私だけじゃなかったら――？

そう思ったら、反射的に両手を出し、リカルドの胸を力一杯押していた。

「サヤ？」

不意打ちをくらったリカルドは、やや後方に下がる。

お願いだから近づかないで、今は少し考える時間が欲しい。それに、涙を流すところは見られたくないの……!!

「大丈夫だから」

突き放す口調だが、リカルドは諦めず、食い下がってくる。

「どうした、なにかあったのか？」

「別に、どうってことはないの。もう行くわ」

私は若干の焦りを見せたリカルドに冷たく返すと、そのまま背中を見せた。

そして無言で、庭園へと足を向けた。


たどり着いた先は、様々な花が咲き乱れる庭園。甘い香りが鼻腔《びこう》をくすぐる。

私は多種多様な花を眺めながら、しばし歩いた。

もっとも、心ここにあらず、といった足取りだけれど。

庭師を探して、大きいポットを譲ってもらおう。

そして植え替えたあとは、部屋で本でも読んでいようか。

そう考えつつ庭師を探して庭園の外れまで足を運ぶと、人の声が聞こえた。

綺麗に刈られた緑の芝を踏みしめ、気配を感じる生垣《いけがき》の方を目指す。

「こんなこと、もうやめよう!!」

「ほうっておいて」

男女の言い争う声に、足を止めた。なんだか不穏な空気を感じる。もしかして大変なことが起きているの？

その場で立ち尽くしていると、さらに声が聞こえてくる。

「帰ろう、一緒に」

「そんなこと、できない！」

その時、ふと気づいた。

この声は、オリガ……？

祈りの塔へ行っているはずの彼女が庭園にいるなんて、なにか事件に巻き込まれているのかもしれない。そもそも、彼女の護衛役のギルバートはどうしたのだろう。周囲を見回すが、彼の姿はどこにもなかった。

混乱していると、男の諭《さと》すような声が聞こえる。

「嘘をつき続けるのも限界があるし、いつかばれたらどうするんだよ。その時の罰《ばつ》は重いはずだ。だから、今からでも遅くない、素直に謝罪した方がいい」

「それはできないわ!!」

叫び声は、先ほどよりもヒートアップしている。二人とも、私の存在に気づかないほど興奮しているらしい。

「今さら『聖女じゃありませんでした』と告白なんて、できると思う？　どんな罰《ばつ》を受けることになるのか……それなら嘘をつき通すわ」

「オリガ……」

「私だって本当は怖い。後悔していないと言えば嘘になる。だけどギルバート様がいるわ。あの方とは秘密を共有しているし、今さらやめると言ったらどうなるか……」

不安そうに心情を吐き出す声は、やはりオリガで間違いない。

私は息をひそめて、会話を聞いていた。

「最初はこの暮らしが夢のようだった。だけど美味《おい》しいものを食べて、綺麗なドレスが着られるだけで、窮屈《きゅうくつ》で退屈な毎日だわ。城の外へすら自由に出ることができない。深く考えずに誘いに乗った自分がバカだったと後悔している。だけど途中で放棄はできないのよ」

「オリガ……」

生垣《いけがき》の裏で彼らの話を聞き、心臓がばくばくと音を立てていた。

オリガは聖女ではなかった。

なんてことだ……

話の内容から察するに、話している男性は、オリガを連れ戻しにきたのだろう。

でも、なぜオリガが偽物の聖女として祭り上げられたのか……

そこにギルバートの思惑があるのはわかったけれども、詳しくはまだわからない。

私はどう行動するべきか、頭を悩ませた。

先ほど男性が言っていた通り、オリガは罪に問われるかもしれない。それも、軽いお咎《とが》めでは済まないだろう。

だが、この事実は自分の胸に秘めておくには重すぎる。

どうしようかと思った時、脳裏に浮かんだのはリカルドだった。

少し気まずいけれど、きっと、彼に言うのが一番いい。そう結論付け、城の方へ足を向ける。

だけど待って——

リカルドに相談したら、確実に大事《おおごと》になる。エルハンスにも話がいくはずだ。そうすれば、オリガは問答無用で重罰を科されてしまうかもしれない。

だったら、まずは直接ギルバートを問い詰めてみよう。うまく聞き出せるか不安だが、なにか糸口は見つかるはずだ。その話を聞いてから、リカルドに報告すべきか判断しよう。

そう思った私は、まだ話を続けている二人に気づかれないように、そっと踵《きびす》を返した。


静かにその場を離れた私だったけれど、後半は駆け出していた。

走ったせいで息が上がっている。混乱のまま庭園を抜け、城内へ戻る。

ギルバートはきっと祈りの塔の近くにいるはずだ。

案の定、祈りの塔へ向かう途中の廊下で、ギルバートを見つけた。

彼も私に気づいたようで、微笑みかけてくる。

「どうした？　そんなに急いで」

穏やかな口調だが、その瞳は決して笑っていないと感じる。私は唇を噛みしめ、ギルバートに切り出した。

「聞きたいことがあるの。時間は取れるかしら」

私の真剣な表情を見て、彼はわずかに眉根を寄せた。

そして、しばらくの沈黙のあと、口を開く。

「どうやら重要な話みたいだな」

「ええ」

彼の言葉に間髪《かんはつ》を容《い》れずに答えると、ギルバートはうなずいた。

「では、ここではなんだから、移動しよう」

そう言って、クルリと踵《きびす》を返した彼の背中を追いかける。

ギルバートは広い廊下をしばらく進むと、一室の前に立った。

「ここなら、誰にも話を聞かれることはない」

そう言って、扉に手をかけたギルバートが先に入室する。

だが、私は戸惑う。この部屋はきっとギルバートに与えられた私室だろう。つまり、完全に彼のテリトリーだ。そんな密室で二人きりになることに抵抗を感じる。

足を止めて考え込んでいると、ギルバートが振り返った。

「入らないのか？」

一見微笑んでいるようだが、やはり目が笑っていない。

しばし躊躇《ちゅうちょ》してから、私は答える。

「失礼します」

そうだ、こっちが戸惑うことなんてない。堂々とした態度を貫《つらぬ》こうと決意し、歩を進める。

「ソファへ」

ギルバートに勧められるが、私は首を横に振った。

「いえ、このままで結構よ」

立ったまま、すぐに本題に入る。

「ついさっき、庭園に行ったらオリガを見かけたわ」

すると、ギルバートは困ったような表情を浮かべ、ため息を吐き出した。

「まったく、朝に祈りの塔へと送り届けたというのに。また抜け出したのか」

悲痛な面持《おもも》ちで額《ひたい》に指を添えるギルバートに、私はさらに続ける。

「庭園で、オリガは誰かと話している様子だった」

いったんそこで止め、相手の反応をうかがう。でも、動揺するかと思われたギルバートは、普段となんら変わりない表情のままだった。

「私、聞いてしまったの。オリガが偽物の聖女だってこと。それにオリガは、共犯としてギルバートの名前を口にしていた」

「…………」

口元に笑みを浮かべ続けているギルバートの姿には、違和感と不気味さがある。

「だからギルバートに確認したいの。それは本当なの？」

部屋に沈黙が落ち、しばらくすると、ギルバートがため息をついた。

「まったく、祈ることを放棄するわ、塔から抜け出すわ……聖女としての自覚が足りない。こんなことになるなら、彼女を選ぶのではなかった」

「じゃあ、やっぱり……」

あっさりと認めたギルバートに、私は息を呑んだ。

「田舎《いなか》暮らしが長く、この辺りでは顔を知られていない、ちょっと見た目のいい女性を選んだつもりが、思った以上に使えなかった。挙句の果てに口を滑《すべ》らせて人に秘密を聞かれるなど、もってのほかだと思うだろう？　ねえ、サヤ」

にっこりと微笑みを向けてきたギルバートの放つ雰囲気が怖くて、私は目を見開いた。

だが、怖気《おじけ》づいてなどいられない。恐怖で支配されそうになった心を奮《ふる》い立たせ、手をギュッと握った。

「なぜ、聖女の偽物を仕立て上げるだなんてことをしたの？」

なにか理由があるはず。でなければ、こんな大それたことをしでかす訳がない。

「それは簡単な理由だ。国民にとっても聖女はありがたい存在だし、平和の象徴じゃないか。よかれと思ってのことさ」

ギルバートはあっさりと告白してきたが、そこまでして皆を騙《だま》す必要があったのかと、怒りさえ湧いてくる。

それに、彼がやったことは国民の信頼を裏切る行為だ。

彼は、まだ本心を口にしていない気がする。私は、彼の薄っぺらい笑顔の下には、暴かれていない本音があると踏んでいた。

私が信じていないとわかったのだろう、ギルバートは肩をすくめて別の理由を語り出す。

「サヤ、あなたは自分の置かれた立場をまったくわかっていない。聖女を護衛する役目を与えられることは、我々にとって功績となる。それをなぜリカルドが手に入れ、私は除外されるんだ？　いつもリカルドは、私の一歩先をゆく。私には、どうしても我慢ならない」

話しながら、ギルバートは次第に顔をゆがめた。

「だからこそ、新しい聖女の護衛役を務め、リカルドと同等の立場になるつもりだった。世間知らずな田舎者《いなかもの》の娘なら、贅沢《ぜいたく》をさせてやると言えばホイホイついてくる。だが、目に余るほど浅はかな行動をとる聖女など、もう必要はない」

憎々しげにリカルドとオリガのことを口にするギルバートに嫌な予感を覚えて、私はたまらず叫んだ。

「オリガをどうするつもりなの!?」

ギルバートは微笑み、静かに口を開く。

「消えてもらうか」

あっさりと、まるで息をするかのように言い切ったギルバート。その様子に、私は恐れおののいた。

きっと、彼はやる。人を消すことなど、たいしたことではないと思っているのだ。

この部屋でこれ以上、彼と二人きりではいられない……!!

私は、とっさに扉へと視線を投げた。

しかし、サッと身をひるがえそうとした瞬間、いきなり手首を掴まれる。

ハッと気づいて慌てて手を引いたものの、力強く掴まれて拘束《こうそく》は解けない。

「どこへ行く？」

「は、離して!!」

私が叫ぶと、ギルバートは鼻で笑う。

「離す訳がないだろう」

口元に笑みを浮かべてはいるが、闇が深そうな瞳で見据えられ、全身に緊張が走る。

「ちょうどいい。サヤにも共犯者になってもらう」

「なにをするつもり!?」

震える声を隠そうと気丈に振る舞うが、それすらばれているようで、ギルバートは口元をゆがめた。

掴まれた手首にさらに力が加わったと同時に、その場で突き飛ばされる。

あっ、と思う間もなく、ソファに倒れてしまった。

慌てて起き上がろうとするも、上からまたがってきたギルバートに両手首を掴まれ、私はソファに縫い付けられてしまう。

「離して!!」

オリガのことを直接ギルバートに聞こうなどと思った私が軽率だった。最悪な状況を想定せずに、のこのことやってきた私はバカだ。

自分自身の浅はかな行動を悔やむけれど、遅かった。

ギルバートは周囲に見せている紳士の仮面を投げ捨て、私に馬乗りになった体勢でこちらを見下ろしている。

「なぜ、こんなことをするの?」

「私は、あの男が気にくわない」

ギルバートが語り始めた。

「リカルドのカルタス家と私のスコット家は、同じ侯爵家にして、ライバル同士の間柄。

だからこそ私は、同じ歳のリカルドとは常に比較されてきた。なにかあるたびに、カルタス家に負けることは恥だと教え込まれたんだ。私が決定的な敗北感を味わったのは一年前……」

目をスッと細めたギルバートは、口元をゆがめる。

「サヤ。あなたが現れたせいだ。聖女が現れ、その護衛役の選出が行われた。もし選ばれれば、非常に名誉あること。私はエルハンス様に、聖女の護衛をしたいと申し出たが、今回はリカルドに任せると一言で切り捨てられた。エルハンス様は、もし次代の聖女が現れたのなら、次はスコット家から選出するとだけ約束したが……」

興奮状態になっているギルバートは、呆然としている私に構わず話し続けた。

「何十年に一度、自分が生きているうちに再び現れるかもわからぬ聖女。その護衛役をカルタス家に取られた私は、一族から散々なじられ、いい笑い者となった」

悔しげに吐き出すギルバートの瞳には、憎しみが宿っている。

「だからこそ、次なる聖女の護衛役は絶対にスコット家の者でなければならなかった。それも、私が生きているうちに……‼」

「そんな理由で、オリガを聖女に仕立て上げたの？」

「ああ、そうだ。しかし、名が知られていない山奥出身の女性ならば自分の言いなりになるかと思いきや、勝手な行動ばかり。浅はかな行動を繰り返すあの女を選んだのは失敗だった。私の顔に泥を塗るつもりとしか思えない」

思い描いていた計画がうまくいかなかったことに、ギルバートはいらだっていた。

私は彼の自分本位な理由に、怒りで震えてしまう。

唇をギュッと噛みしめ、怯《ひる》まずにギルバートを見つめる。彼は自分が優位な立場にあるためか、せせら笑った。

「だから私は、別のことでリカルドに復讐することにした」

私を見下ろしたままのギルバートは、冷たい笑みを浮かべる。その視線を受け、背筋がゾッとした。

「サヤが私のものになれば、リカルドの顔は苦痛にゆがむだろう」

「なにをするつもり!?」

覆《おお》い被さってきたギルバートを必死に押し返そうとするも、力で敵《かな》う訳がない。彼の体の重みに、顔をゆがめて横に逸らす。

ギルバートは強引に私の顎《あご》を掴むと、無理やり自分の方を向かせた。

「嫌っ!!」

叫び声を上げると、嬉しそうにクッと声を出して笑うギルバート。

「その声を聞くと、リカルドの悔しがる姿が浮かんでくる」

ギルバートはもう片方の手を、私の胸元へ伸ばす。着ている服が乱暴に引き下げられ、布を裂く音が聞こえた。

「なにをするの！　やめて!!」

好き勝手にやられてたまるものですか。だいたい、リカルドの悔しがる姿を見たいからと、私をこんな目にあわせるという思考がゆがんでいる。

「私を傷つけても、リカルドにはなんの意味もないじゃない!!」

確かにリカルドは私を憐《あわ》れむだろう。彼は優しいから、私の痛みに同情して苦しんでしまうかもしれない。だが、ギルバートの言うほどの効果があるとは思えなかった。

そう主張すると、ギルバートは鼻で笑う。

「なにもわかっていないな」

「なんのこと!?」

「あの男がサヤをどんな目で見つめて、守っていたかを。私は、あの男のその眼差《まなざ》しに気づいていたからこそ、サヤを奪《うば》った時のことを考えると興奮するんだ」

ギルバートに濁《にご》った目で見つめられ、再び背筋がゾッとする。

だけど、怯《ひる》んではいけない。

そう思うものの、体は動かない。私が目を見開き恐怖におののいていると、ギルバートがクスリと笑う。

「私のもとへ嫁《とつ》いでくるといい。元聖女という肩書だけでも十分価値がある。ああ、そうだ。もっと早くこうすればよかった」

ゆっくりと下りてくるギルバートの顔、嫌なのに、顎《あご》を掴まれて逃げられない。

私の両手はギルバートの片手でまとめて捕らえられ、ソファに縫い付けられたみたいに固定されている。

こんな人に、いいようにされてたまるものか。絶対嫌だ……!!

近づいて来るギルバートの吐息を感じ、涙がにじんでくる。

脳裏に浮かぶのは、リカルドの顔。

彼は、私がこの世界に来て聖女に任命されてから、常に側で見守ってくれていた。時には八つ当たりをしてしまったこともあったけれど、いつも優しかった。

お願い、助けて――!!

迫りくるギルバートに必死に抵抗するも、びくともしない。悔しくて目をギュッとつぶると、涙が一筋頬を伝った。

その時、乱暴に扉の開く音が響き渡る。

「ギルバート!!」

部屋にこだました声は、怒りを含んでいた。

続いて、ずかずかと入室してくる荒い足音を聞き、私は目を見開く。

まさか――!!

荒い足取りで入室してきたのは、リカルドだった。

その姿を見た瞬間、顔がクシャクシャになり、堪《こら》えきれない涙が頬を伝った。

舌打ちが聞こえたのでそちらへ顔を向けると、ギルバートが憎しみに表情をゆがめている。

「ギルバート、なにをしている!! サヤから離れろ!!」

ついさっき、冷たい態度をとったばかりなのに、リカルドは来てくれた。

涙がこぼれて止まらない。

リカルドはソファまで駆け寄ると、私の上にのしかかるギルバートを強い力で払いのけた。そして、すぐさま私の手をグッと掴み、抱き起こす。

「大丈夫か!?」

いつも冷静な彼らしくなく、息が上がっている。その姿に、新たな涙がにじんだ。

「リカルド……」

名を呼ぶので精一杯で、そっと彼に抱き付いた。

今だけは許されると思い、彼の背中に腕を回し、逞《たくま》しい胸元に身を寄せる。

リカルドはなにも言わず、震える私の体をギュッと抱きしめてくれた。

こんな時だというのに、再確認した想いがある。

私、リカルドのことが好きだ――

これまでずっと、好きになってはいけないと、自分に言い聞かせていた。彼にはルイーゼがいる。そして、私の側にいてくれるのも護衛役という義務があるせいなのだから、勘違いしてはいけないと、想いを閉じ込めていた。

けれど、こんな時だというのに、恋心があふれ出して止まらない。

先ほどまでの恐怖と、再認識した感情がごちゃ混ぜになって、涙がとめどなく流れる。

「リカルド、貴様……」

その時、憎しみのこもるギルバートの声を聞き、ハッと我に返った。リカルドはすぐさま私を背中へと隠し、前に出る。

「廊下を歩いていたら、窓からお前とサヤがこの部屋に入っていくのが見えた。怪しいと思って駆けつけたら、廊下にまで声が響いてきたんだ。ギルバート、お前はいったいなにを企《たくら》んでいる」

詰問《きつもん》するリカルドと、ギルバートがしばしにらみ合う。

先に沈黙を破ったのはギルバートだった。

「貴様のその顔！　いい表情をしている」

リカルドを指さしながら、ギルバートは笑う。

「虚勢《きょせい》をはってはいるが、内心は怒り狂っているだろう。いつも涼しい顔で私を見下していたお前のその姿を、ずっと望んでいたんだ。お前のそんな顔を見ることができるなら、もっと早くこうすればよかった」

リカルドの顔は私からは見えないが、全身から放たれる怒気は感じとれた。

このままではまずいと思いながらも、私は場の雰囲気に気圧《けお》され、二人を見つめることしかできなかった。

「なぜサヤを狙う？　俺を狙えばいいだろう」

拳《こぶし》をグッと握りしめたリカルドが口を開くと、ギルバートが笑う。

「貴様が憎いからだ。だからこそ、一番大切にしているサヤを傷つけて、貴様の顔が苦痛にゆがむ様《さま》を楽しみたかった」

リカルドが、私を一番大切にしている……？

ギルバートの言葉を反芻《はんすう》する。

だが、この場を切り抜けるのが先だ。自分がなにをすべきか考える。

「リカルド、まずは部屋を出ましょう」

このままギルバートを放っておいても、いずれ全てが明るみに出るだろう。オリガのことも、私のことも、エルハンスの耳に入れれば、なんらかのお咎《とが》めがあるはずだ。

どちらにせよ、彼は裁かれる。だからこそ、リカルドに直接手を下してほしくはなかった。

「大丈夫だから、行きましょう」

しかし、リカルドは私の言葉に耳を傾けず、ギルバートにすっと歩み寄る。

「そうだ、お前の言う通りだ、ギルバート。俺はサヤを大切に想っている。たとえ、サヤが他の誰かを想っていても、俺の気持ちに変わりはない」

部屋に響き渡った声に、心臓がドクンと音を立てた。

リカルドの口から聞かされた言葉が、胸に染み入ってくる。

大切に想っている？　リカルドが私を？

こんな場面だというのに、鼓動が落ち着かない。それどころか、速さを増すばかり。

だけど、私が他の誰かを想っている、って……？

混乱のあまり硬直していると、リカルドはさらにギルバートに詰め寄る。

「だからこそ、彼女を傷つけたお前が憎くてたまらない」

「やめ――!!」

リカルドが今にもギルバートに掴みかからんとするのを制止しようとした時、両手を強く叩く音が聞こえた。

「二人とも、やめるんだ」

急に姿を現したのは、兵士を数名引き連れて扉の脇に立っているエルハンスだった。

彼は厳しい顔つきで部屋に入り、口を開く。

「頭に血が上《のぼ》るのもわかるが、まずは二人とも離れろ。城内での揉《も》め事は私が許さない」

凛《りん》とした声に、室内が静まり返る。そして、エルハンスがギルバートへ向き合う。

「ギルバート、君はよくやってくれていた。また、リカルドに対する競争心を持つのは結構なことだが、最近の行動はいきすぎだ」

ギルバートは顔色を真っ青にし、あからさまに取り乱している。そんな彼に、全てを悟っているらしきエルハンスがぴしゃりと言い放った。

「そのあまり、己が勝つために聖女を偽装した。国を謀《たばか》った行動は許しがたい」

エルハンスは息を深く吐き出すと、側にいた従者に顎《あご》で示す。

「――連れていけ。いろいろと聞きたいこともある」

「はっ」

二名の従者が、ギルバートに近づく。

「私に触れるな!!」

ギルバートは、彼の腕を拘束《こうそく》しようとする従者の手を振り払った。

そして、すぐさま胸元に手を入れ、そこから小型のナイフを取り出す。

私はその銀色の輝きから目を離せずに、息を呑んだ。

「リカルド、こうすれば、お前の顔はさらに苦痛にゆがむだろう!!」

ギルバートの視線は私に向けられていた。彼が、こちらにナイフを突きつけながら歩いてくる。

標的は、私だ。

そう理解するのに、時間はかからなかった。

両手にナイフを握りしめたギルバートが、私との距離を詰めてナイフを振りかぶった。

そして、まさに振り下ろされようとしたその時、私の前に立ち塞《ふさ》がる人物がいた。

リカルドがギルバートを押さえつけ、ナイフを振り下ろそうとした手を止めている。

ナイフを、素手で掴んで――

一瞬の出来事に、周囲が静まり返った。

ただ、ポタポタと音だけがする。見れば鮮血が床に落ち、絨毯《じゅうたん》を赤く染めていた。

「リカルド!!」

叫んだのはエルハンスだったのか私だったのか、記憶にない。

その場ですぐさまギルバートは捕らえられた。彼が手にしていたナイフが床に滑《すべ》り落ちる音が響く。

彼が連行されていく中、リカルドがゆっくりと私を振り返る。

「サヤ、よかった」

ホッとしたような顔を見せるリカルドに、また涙がにじんできた。

「ちっともよくない!!」

リカルドは右手から大量の血を流している。ナイフを素手で掴んだのだから、当たり前だ。

赤い鮮血はとめどなく流れ、リカルドの顔は苦痛にゆがんでいた。

まずは止血しなくてはと思い、震える手でハンカチを取り出す。

リカルドの右手を取って傷の深さを目の当《ま》たり《あ》にすると、思わず顔を逸らしたくなる。

だが、それではいけない。これは、本来なら私が受けるはずだった傷なのだ。

そっとハンカチで傷口を押さえると、白いハンカチが見る見るうちに赤く染まる。

「リカルド、ごめんなさい」

「なぜサヤが謝る？」

涙があふれて止まらない。

私たちの近くで、エルハンスは従者の一人に、医師を呼ぶように言いつけている。

「だって私を庇《かば》ってケガをして……」

その先は言葉にならなかった。リカルドは左手でそっと私の頬に触れ、涙を指先でぬぐう。

「謝るのは俺の方だ」

「リカルド……」

私たちは静かに見つめ合った。

だが、出血は止まりそうもなく、ハンカチも意味がない。

「まずは座って!!」

側にあったソファを勧めると、リカルドはそこへ深く腰かけた。

その際の振動にさえ苦痛を感じるらしく、彼は眉をひそめ、顔をゆがめる。私が中腰になり視線を合わせると、リカルドは大丈夫だとばかりに、無理に笑って見せた。その笑顔を見ると、私はさらに泣きたくなってくる。

止血するための布が、もっと必要だ。

すぐに探しに行こうと立ち上がりかけたところ、グッと手首を掴まれた。

「リカルド⁉」

「――いい。隣に座ってくれ」

私が迷って視線をさまよわせていると、リカルドは無理やり微笑んだ。

「頼みがあるんだ」

「頼み？」

私にできることならなんでも言ってほしいと、身を乗り出す。

すると、まずは座ってくれと視線で促《うなが》された。

リカルドの傷に響かないように、ソファにそっと腰を下ろす。彼の目を見つめると、リカルドは静かに口を開いた。

「歌ってくれないか？」

「えっ……？」

こんな時に、歌？

私は困惑したが、懇願《こんがん》するようなリカルドの視線に気づいてハッとする。

「歌を聞いていると、痛みが紛《まぎ》れるだろう。だから聞きたい」

いいわ、リカルドがそう望むのなら。それで傷の痛みが一時的でも和《やわ》らぐのであれば、私にできることをしよう。

「なんの歌がいいの？」

「……祈りの歌を」

彼のリクエストに応えるため、私は深く息を吸い込み、口を開いた。

喜びの大地よ
主よ　緑が広がる大地よ
人々に安らぎと癒《いや》しを与えたまえ
神の恩恵を受け　人々は皆　神に愛されし子

歌いながらも、自然と涙がこぼれ落ちてくる。

ああ、お願いだから、少しでもリカルドの傷の痛みが和《やわ》らぎますように!!

やがて肩に重みがかかったので、横を見ると、リカルドが私の肩に寄りかかっていた。

目を閉じている彼の頭を感じつつ、歌い続ける。

「リカルド……」

歌い終えてそっと彼の髪に手で触れるが、リカルドは静かに目を閉じたままだ。

「温かい」

ポツリとつぶやいたリカルドが、目を開けた。

「不思議なんだ。サヤの歌声を聞いていると、傷口が温かくなった。それに、痛みを感じない」

「えっ？」

私は不思議なことを言い出したリカルドの目を見つめ、瞬《まばた》きをした。

すると、彼はいきなり真っ赤に染まったハンカチを外し始める。

「ちょっと!!　なにをしているの!?」

慌てる私にリカルドが右手を開いて見せたので、まじまじ見つめると、血は止まっていた。

「傷口が……」

かなり傷が浅くなっている。信じられなくて目をこすっていたら、部屋に新たに人が入室してきた。

「エルハンス様、患者はどこでしょう？」

初老にさしかかったぐらいの男性医師だ。

部屋の隅で黙って一部始終を見届けていたエルハンスが静かにリカルドに視線を投げると、医師がリカルドに近づく。

私はソファから立ち上がり、場所を譲る。そして、側で診察を見守った。

「失礼、傷口を見せてください」

医師に言われた通り、スッと手を出したリカルド。医師は彼の傷口をジッと見つめると、問いかけた。

「痛みはありますか?」

「――いや」

静かに首を横に振ったリカルドに、医師はうなずく。

「そうでしょうね、傷口が塞《ふさ》がっているように見えますが……」

まさか、そんなはずはない。私が驚愕《きょうがく》していると、医師は周囲に視線を巡らせた。

絨毯《じゅうたん》やソファはところどころ、血の色で染まっている。

あれほどの血を流したのに、すぐに傷口が塞《ふさ》がるはずがない。

誰もが納得できない表情を浮かべていると、エルハンスがこちらへ近づいてきた。

「出血のわりに、傷はたいしたことがなかったのだろう」

「でも……」

あんなに大量の血が流れたのに、すぐに塞《ふさ》がるなんて、やっぱりおかしい。私は怪訝《けげん》に思ってしまうけれど、エルハンスが医師へ指示をした。

「ご苦労さま。戻ってくれ」

エルハンスの命令により、医師は頭を深く下げたのち、退室する。

その後ろ姿を見送ったあと、エルハンスが人払いをして扉を閉めた。

「さてと――」

部屋には、私とリカルドとエルハンスの三人だ。

エルハンスは両腕を組み、微笑んだ。

「さすがだね。本物の聖女の力、僕も初めて見たよ」

「えっ？」

エルハンスの言葉を聞き、驚いてしまう。

「わ、私……？」

思わず聞き返すと、エルハンスはゆっくりとうなずいた。

「そう。サヤは、なんの力もないのに聖女に選ばれたと思っていた？」

「だって、そんなこと聞いてないわ」

私自身に不思議な力があるなんて、ちっとも気づいていなかった。もしあるのなら、教えてくれてもよかったじゃない。

「聖女には不思議な力が宿る。その力は一年という期限つき。だからこそ、聖女の役目は一年で終わる。これは、王族と一部の人間しか知らない事実だよ」

「不思議な力って……」

「聖女には癒《いや》しの力が宿るんだ。だからほら、あれだけの深手だったリカルドの傷が薄くなっているだろう」

そこでパッとリカルドに顔を向けると、リカルドは右手を振って見せた。

「嘘みたいに痛みが消えた」

彼の言葉を聞いたエルハンスは、納得したようにうなずく。

「それがサヤ、君の力だよ」

「でも、私はもう聖女ではなくなったのでは――」

「儀式が失敗した影響で、まだ力が残っているのかもしれないし、自分以外の人のためには力を発揮するのかもしれないね。これは僕の憶測だけど」

エルハンスの言葉を、信じられない思いで聞く。ぽかんとしていたら、エルハンスが笑ってたずねてきた。

「パッと現れた人物を無条件に聖女だと決めつけて、国中で崇《あが》めると思うかい？　聖女となる前に、試されているんだよ。オリガの場合は、ギルバートの尻尾を掴むためもあって泳がせていたけれど」

「それはいつ？」

試験のようなものを受けた覚えもないのに、どこで試されていたというのか。疑問に思っているとエルハンスが説明を始めた。

「サヤ、祈りの塔の手前には、花々が咲き乱れていただろう？」

「ええ」

「あそこの花々は、同じ時期に庭園に植えたものよりも、ずっと成長が早いということを知っていた？」

「えっ……」

「サヤが戻ってきてから、僕はサヤに花をあげたよね？　あの花は成長がゆっくりで、半年に一度しか花を咲かせない。僕があげた時は、まだつぼみすらつけていない状態だった。それが、すでに花を咲かせているだろう？　同じ花をオリガに贈ったけれど、こちらはさっぱりだ」

そこでエルハンスは静かに息を吐き出すと、一度目をつぶった。

それからゆっくりと目を開いた彼は、すごく真剣な表情をしている。日頃のエルハンスとは違う様子に、緊張してしまう。

「君の歌声には、生物を癒《いや》す力が宿っている」

「そんな力が……」

ただ歌うことが好きだった。そこに不思議な力が宿っていると言われても、にわかには信じがたい。

「リカルドはどう思う？」

急にエルハンスに話を振られたリカルドは、自身の手を見つめながら口を開いた。

「話を聞いただけでは半信半疑でしたが、実際に自分で体験すると、信じざるを得ません」

「だろうね。すごい力だよ、サヤ」

自分ではそんな実感はない。だけど、その力でリカルドの傷を癒《いや》せたのだとしたら、すごくありがたいことだ。

なによりも、自分がこの世界に留まったおかげでリカルドを助けられたのなら、残った意味があるように思えた。

「その力は本物だよ、サヤ」

エルハンスがこちらに近づいてきたと思うと、いきなりその場に膝をついて私を見上げる。

彼は、いったいなにをするつもりだろう。驚いている私の右手を取り、ギュッと握りしめた。

「改めて君に申し込むよ、サヤ。僕と結婚してくれないか」

「エルハンス!?」

いきなり告白されて、訳がわからず大声を上げてしまう。

「君がまだこの国に残っていると聞き、とても嬉しかった。あの時、君を帰したことをすごく後悔していたんだ。だから今回は残ってくれないか。僕の側にいてほしい」

エルハンスから熱意のこもった瞳で見つめられ、言葉が出ない。

「返事は急がなくてもいい。だが、できれば早く君の気持ちを聞きたいとも思っている」

やっぱり実感が湧かなかった。確かに彼は出会った時から親切で、とてもよくしてくれた。

だけどいきなり求婚されるだなんて、夢にも思わなかったのだ。

沈黙して考え込んでいると、視線を感じた。そちらを見たところ、リカルドが私とエルハンスを静かに見つめている。

リカルドはどう思っているのだろう。

だが、リカルドはなにを言うでもなく、口を閉じたままだった。

エルハンスは私の顔を見て微笑したあと、スッと立ち上がる。

「サヤ、よく考えて答えを出してほしい」

そして、彼はゆっくりとリカルドに顔を向けた。

「リカルド、傷口が痛くなくとも、血のついた手を洗ってくるといい。その後、僕の部屋に来てくれ。ギルバートとオリガの件で、これから忙しくなる」

エルハンスは優しい微笑みを浮かべながら、いつもと変わらぬ様子で退室した。

部屋に残された私とリカルドの間に、微妙な空気が流れる。

「リカルド」

名前を呼ぶと、彼が視線を投げてきた。

本当に、傷は痛くないの？

エルハンスの気持ちを、知っていたの？

それについてどう思っているの？

聞きたい事はたくさんあるのに、言葉が出てこなかった。

リカルドは立ち上がり、私の前に立つ。

「サヤ、部屋に戻るといい。送ろう」

そう告げられ、私はうなずいた。そしてお願いをする。

「あとで状況を報告してほしいの」

リカルドは一言、ああ、と返事をした。


それから、大人しくしているように言われた私は、部屋にこもっていた。

ギルバートやオリガはどうなったのだろう。それにリカルドはどうしているのか。

部屋に一人でいると、どうしても考え込んでしまう。

そのまま夜になっても、リカルドが訪ねてくることはなかった。なにも状況がわからないまま、就寝の時間を迎える。私はベッドの端に腰かけて、不安と心配でため息をついた。

オリガは罰《ばっ》せられるのだろうか。

彼女はわがままだけど、悪い子じゃない。どうか重い罪だけは避《さ》けてほしいと思うのは、甘いかもしれないが。

悶々《もんもん》とした気持ちを抱えたまま、ベッドに横になる。

リカルド、あとで訪ねると約束してくれたのにな……

窓辺では、エルハンスからもらった花が月光を浴びている。

エルハンスの求婚には驚いたけれど、どこか腑《ふ》に落ちない。リカルドはあの時、どう思ったのだろう。

目を閉じても、眠れそうもない。

こんな気持ちのままでは、すっきりしない。やはり確かめなくちゃ！

そう思った私は、勢いよく身を起こした。

そして、寝間着の上からガウンを羽織《はお》り、そっと扉を開ける。

相手が来てくれないのなら、自分から探しに行こう。このはっきりしない状況では眠ることもままならない。

暗い廊下を進み、曲がり角まで来た時、急に現れた人影に驚いて、思わず声を上げそうになった。

「……サヤか」

声の主はリカルドだった。ホッとしながらも、心臓がまだドキドキしている。

「驚かさないでよ、びっくりした」

「サヤこそどうした？　こんな時間に部屋を出るなんて、どこへ行こうとしていた？」

「それは……」

リカルドを探しに行く途中だったなんて、なんとなく恥ずかしくて口にできない。

「眠れなくて、少し散歩でもしようかと思って」

やっと出てきたのは、苦しい言い訳だった。

「こんな時間にか？」

案の定、リカルドの声には若干の呆れが含まれている。

「……じゃあ、俺も付き合おう」

呆れつつもそう言ってくれるリカルドは、やっぱり優しい。

「どこへ行く？」

「そうね、歩きながら話でもしたいわ」

そう言って、私は歩みを進めた。

「ギルバートのこと、どうなった？」

おずおずとたずねると、リカルドは曖昧《あいまい》に首を振る。まだ詳しくは答えられないということらしい。代わりに、彼はポツポツと語り始める。

「あいつとは昔からの知り合いで、これでも幼い頃は仲がよかったんだ。だがいつからか、ギルバートの競争心を感じるようになった。表面的には隠している様子だったが、負の感情を向けられている方は、どうしても気づいてしまう。そこから徐々に距離が開いていった」

「それは辛かったわね……」

リカルドの言葉から、彼が傷ついているのだと知れた。

「……ああ」

あっさりと認めたリカルドは、いつもより素直だ。

「オリガはどうなるの？」

「オリガは最初から聖女ではなかった。ただ、それだけだ」

「……そう」

さらに足を動かし、庭園に到着すると、刈られたばかりの芝の香りが鼻に届いた。夜空には月が輝いており、夜だというのに周囲を明るく照らしている。

「エルハンスが言っていた聖女が持つという不思議な力が私に宿っているなんて、自覚すらなかったわ」

「だが、実際に俺は助けられた」

「ううん。もとはといえば、助けられたのは私の方だから」

ギルバートに刺されそうになった私を庇《かば》ってくれたのは、リカルドだ。

安心させるためか、リカルドが私の目の前で、手を握っては開く動作を繰り返す。その様子からして、痛みはないようだ。

だが、念のためにお願いした。

「ねえ、リカルド。傷口を見せてほしいの」

リカルドが右手をスッと差し出したので、両手で包み、そのまま見つめる。暗いせいもあるが、傷は確認できない。

「不思議ね、消えている」

安心してつぶやいた時、風が吹いた。

その途端に鼻先をくすぐった清涼感のある香りは、リカルドの放つものだ。

彼を目の前にして、聞きたいことはたくさんあった。だが、一番肝心なことが聞けないでいる。

私を、本当はどう思っているの？

口にするには勇気が足りず、唇をギュッと噛みしめた。

「エルハンス様の求婚だが、受けるのか？」

その時、リカルドから急に切り出され、心臓が音を立てた。

「どうして？」

緊張しながらも聞き返した声は、震えてしまう。

「よかったじゃないか」

「え？」

思いもよらない言葉に、ショックを受けた。こんな台詞《せりふ》、彼の口からは聞きたくなかった。

そっか……

リカルドは、エルハンスと私が結ばれればいいと思っているのね。

胸の奥がギュッとしぼられたような痛みを感じ、自然と顔がゆがんだ。そんな私に、リカルドはさらに追い打ちをかける。

「ずっと、好きだったのだろう。エルハンス様を」

衝撃的なことを言われ、胸に驚きと同時に、怒りが湧く。

「リカルドのバカ!!」

気づけば、大きな声で叫んでいた。

「誰が誰を好きだっていうのよ!! 勝手に決めつけないで!!」

感情的になり、涙がにじむ。自分でも止められなかったし、止めるつもりもなかった。

どうせリカルドと一緒にいるのは、これが最後。

聖女の教育係も必要なくなるなら、もう会うこともなくなる。

様々な感情が入り乱れ、私は再び爆発する。

「エルハンスとのことを祝福するぐらいなら、どうして私を守りたいとか言うのよ!!

リカルドに少しは想われているのかと、期待しちゃった私がバカみたいじゃない!!」

　自分の気持ちを隠し通すのは、すでに限界だった。

「本当はこの世界に未練があった。だけど、リカルドはルイーゼと婚約しているって聞いたわ。ここに残ってリカルドとルイーゼが一緒になるのを見るぐらいなら、二人が視界に入らない世界に戻りたかった!!」

　一番卑怯なのは私だと、当時も気づいていた。

　本音は、リカルドが他の女性といるのを見たくなかったのだ。恋に臆病だから、失恋する前に逃げただけ。

　それと同時に、自分の中にずるい感情もあった。

　元の世界に帰ると言えば、リカルドは引きとめてくれるかしら。

　だが、そんな淡い期待もむなしく、元の世界に帰ると告げた時、彼は引きとめてくれなかった。そこで自分は失恋したと思い込んだ。

　だがもう、こうなったら、決定的に失恋してしまおう。このままでは前に進めないと、やっと気づいたのだ。

「それは違う!!」

　リカルドが、彼にしては珍しく声を荒らげた。驚いている私を前に、彼は続ける。

「サヤに対する想いをギルバートに知られては、利用されるかもしれないと考え、黙っていたんだ。俺のせいでサヤに迷惑をかける訳にはいかないと、自制しようと必死だった。それに、サヤが時折見せる悲しそうな表情は、国に帰りたいからだと思っていた」

彼の告白に、私は目を見開いた。そんな私を見据え、リカルドはなおも言葉を紡《つむ》ぐ。

「サヤが帰ると決めた時、お前が選んだことなら祝福すると口では言ったが、本心は違っていた。ここにいて厄介《やっかい》事に巻き込まれてしまってはお前のためにならないと思い、お前の気持ちを尊重したが、それは全て間違っていた」

リカルドの声は、苦渋に満ちている。

「俺がお前に本音をぶつけるのが先だったんだな。あの時、言えなかった想いを伝えたい」

真っ直ぐに見つめられると、それだけでリカルドの真剣な気持ちが伝わってくる気がした。

「もし、俺の願いを聞いてくれるのなら、この国で俺の側にいてほしい」

呼吸を止め、彼を見つめたまま動くことができない。

なにか答えようと思っても、唇がわななくばかりだった。

「好きだ。聖女ではなく、一人の女性として」

その言葉を聞いた瞬間、胸がいっぱいになり、自然と涙があふれてくる。

「私もリカルドが好き……」

素直な気持ちを吐き出すと、グッと抱きしめられた。

彼の温かな温もりと鼓動を感じながら、静かに身を任せる。

お互いが相手に遠慮して、なかなか口に出せなかった。私たちは結局似た者同士なのだ。

だからこそ、ここまで時間がかかった。

彼の腕に包まれ、自然に手を彼の背中へと回していた。

「私たち、お互いのこと、知らなすぎたみたい」

あんなに一緒にいたのに、お互いの気持ちを知らずにいた。恋に臆病になり、傷つく前に線を引いていた。相手と距離をとることで、自分を守りたかったのかもしれない。

でも、傷つくことを恐れていては、本当に欲しいものは手に入らない。

こうやって手を伸ばせば、相手が答えてくれることもあるのだから。

私たちは、まだまだ知らないことがたくさんある。

「リカルドはルイーゼと結婚……するんじゃないの？」

胸の奥に引っかかっていた苦しい疑問を口にする。それにも、リカルドは正直に答えてくれた。

「それはない。確かに幼い頃、両家でそのような話が持ち上がったこともあった。だが、俺はルイーゼのことは、ただの幼なじみだと思っている。相手の好意を薄々感じていたので、曖昧《あいまい》な態度ではよくないと思い、ルイーゼにもはっきりと自分の口から伝えた」

一度身を離したリカルドは真っ直ぐに私を見て、口を開く。

「俺はルイーゼのことを愛せない。俺の心を占めているのは一人の女性だけだと」

彼の言葉には、思い当たる節があった。

「それをルイーゼに告げたのは、今日、城で彼女と会った時？」

「そうだ」

だからあの時、ルイーゼはいつも以上に私へ突っかかってきたんだ。それに目が腫《は》れていたのは、泣いたあとだったからか。

ルイーゼから受けた数々の意地悪は、牽制《けんせい》でしかなかったのだ。なんとなく、彼女を気の毒にも思う。

だが同時に、ホッとしている私がいる。

「よかった」

嬉しくなり、そうつぶやいた。

すると、いきなり両肩を掴まれ、リカルドの顔が目前に迫り、目を見開く。

「俺も聞きたいことがある。正直に答えてくれないか」

両肩を力強く掴む手と、彼の真剣な眼差《まなざ》しに、緊張してしまう。リカルドは私の返答を聞き逃さないとばかりに、強い眼差《まなざ》しで見つめてくる。

「ええ、いいわ。正直に答える」

リカルドは一瞬の間のあと、静かに問いかけてきた。

「サヤは、エルハンス様のことが好きだったのではないのか？」

私は思いもよらない質問にあっけにとられたのち、すぐに否定する。

「どうしてそうなるの？　エルハンスのことは親しい友人だと思っているけれど、彼への気持ちとリカルドに対する感情とは、まったく別物だわ」

強い口調で言い切ると、リカルドは目を瞬《しばた》かせたあと、顔をくしゃりとゆがめた。

「そうか……ずっとエルハンス様のことが好きだと思っていた」

リカルドは、明らかにホッとしている。

「どうしてそう思ったの？」

不思議になってたずねると、リカルドが教えてくれた。

「ルイーゼが言っていたんだ。『サヤはエルハンス様に想いを寄せている』と」

ルイーゼの策略がリカルドにまで及んでいたと知り、驚く。

彼女は、そうまでしてリカルドと婚約したかったのだろう。

それにまんまと引っかかった自分が情けなくなるが、同時にルイーゼを憐《あわ》れにも思う。姑息《こそく》な手段で好きな人を手に入れようと目論《もくろ》んでも、結局うまくいかないものだ。

「私、ずっとリカルドが好きだった」

「サヤ……」

「元の世界に帰ると決めて、帰還の儀式に臨《のぞ》む前も、心のどこかで『リカルドに止めてほしい』と願っていたの。だから、失敗してしまったのかもしれない。でも、今は失敗してよかったと思える」

目を開けたら裏山に転がっていたことも、今はいい思い出だ。

「……本当は帰したくなかった」

リカルドがつぶやく。

「帰還の儀式が行われ、サヤが消えた時は、心に穴が空《あ》いたような喪失感《そうしつかん》があった。毎日側にいたサヤがいなくなり、どれだけ想っていたか、自分の気持ちを思い知らされた」

「リカルド」

「だから次に会えた時は、もう二度と離れずにいようと決めていた」

ギュッと抱きしめられ、耳元でささやかれる。

「共に生きてくれ」

涙があふれて止まらない。私は改めて腕を伸ばして、彼をきつく抱きしめた。

「ええ、リカルド」

リカルドが一度私を離し、私たちは顔を近づけて、見つめ合う。

彼は指で私の顎《あご》に触れると、少しだけ持ち上げた。

リカルドの端整な顔が近づいてきて、私はそっと目を閉じる。

そして、柔らかな感触が唇に伝わった瞬間、全身が痺《しび》れた。

ついばむような口づけのあと、すぐに離れる。名残惜《なごりお》しさと恥ずかしさで、私ははにかんでうつむいた。

すると、リカルドが微笑みながら、両手で私の頬を包み込んできた。

グイッと持ち上げられたと同時に、再び感じた唇の柔らかさ。

それを、目を閉じて静かに受け止め、徐々に深くなる口づけに、そのまま身を任せる。

体が火照《ほて》って力も抜けてきて、彼の腕をそっと掴むと、腰からギュッと抱き寄せられた。

呼吸に苦しさを感じた時、やっと唇と彼の熱が離れる。

彼の胸に寄りかかり、乱れた呼吸を整えていると、頭上から声がした。

「すまない。自制が利かない」

私は謝ることはないと静かに首を横に振り、彼に寄り添って目を閉じ、幸せな余韻《よいん》に浸《ひた》っていた。


翌日。いつもと同じ時間に目を覚ます。

あれからリカルドとは、離れがたくて深夜まで話をして過ごした。だけど風が冷たくなってきた頃、リカルドが手を差し伸べてきたのだ。

『そろそろ部屋まで送ろう』

まだ離れたくないと視線で訴えると、彼は静かに笑う。

『そんな顔するな。離れがたいのは俺も一緒だ』

リカルドの手を取ったところ、グッと強い力で引かれ、彼の胸に閉じ込められた。

『なんならこのまま、俺の部屋まで連れていってしまおうか』

本気とも冗談ともとれる言い方に顔を火照《ほて》らせていたら、リカルドが声を出して笑う。

『風が冷たい。戻ろう』

そう言って私の手を引いてくれたリカルドとは、部屋の前で別れた。

だけど、その後も目が冴《さ》えてしまって、なかなか眠れなかった。神経が高ぶっていたのだと思う。

結局、眠りについたのは部屋が明るくなり始めた頃だった。それでもこうして起きられたのだから、習慣はすごい。

昨日のことを思い出しつつ、花のポットに水をやり、声をかける。

いくつもの大輪の花を咲かせている様子を見て、自分には本当に聖女としての力があるのかもしれないと、ぼんやりと思う。

それから、いつものように着替えて朝食をとり、部屋で待っていた。

やがて、扉が叩かれたので返事をすると、リカルドが入室してくる。

「おはよう、リカルド」

昨日の今日で若干の恥ずかしさがあるが、リカルドはいたって通常通りだった。

「ああ、準備はできたか？」

「ええ」

そして、リカルドと共に訪ねたのは、エルハンスのもとだった。

リカルドから昨晩、『早朝、エルハンス様に呼ばれている』と言われていたのだ。

だが、ちょうどよかった。私も彼に伝えたいことがある。

エルハンスの部屋の前に来ると、側に控えていた従者が扉をノックした。すぐに、中からエルハンスの声が聞こえてくる。

従者が扉を開けたので、私は緊張しながらもリカルドに続いて入室した。

「おはよう、リカルド、サヤ」

「おはよう、エルハンス」

ゆったりと朝の挨拶《あいさつ》を交わしたあと、エルハンスにソファへ腰かけるように勧められた。

「さっそくだが、本題に入る」

エルハンスの言葉に、体に緊張が走り、背筋を伸ばす。

「王と相談した結果、今回の事件は大事《おおごと》にはしないこととした。いや、できないと言った方が正しいか。いずれにせよ、国民を混乱させることは避《さ》けたいがゆえの決断だ」

確かに、今さら聖女が偽物だったと発表しては、大騒ぎになる。

国民は不信感を抱くだろうし、第二の偽物が現れないとも限らない。それを防ぐためにも、公《おおやけ》にする訳にはいかないはずだ。エルハンスは真面目な顔で続ける。

「だが、なにもなかったことにはできない。父は私に一任すると仰《おっしゃ》ってくれた」

エルハンスの決断に口を挟める空気ではない。私は重苦しい空気の中、無言で耳を傾けた。

「ギルバートの件だが、しばらく王都から離れてもらおうと考えている。私欲のため、国民を欺《あざむ》いた罪は重い。だからこそ、しっかり反省してほしいと願っている。北の地方に移住させ、そこでリカルドに対する気持ちの整理をつけてもらい、十年経ったら呼び戻そうと思う」

　北の地方といえば、相当の田舎《いなか》だ。

　プライドの高いギルバートが、田舎《いなか》暮らしで満足するとは思えないが、自分を見つめ直す機会になるといい。

「次に、オリガだが――」

　エルハンスの口からその名を聞き、身が強張る。

「彼女はギルバートにそそのかされたとはいえ、共犯者だ。まあ、最初から疑っていたから、やはりな、という感想でしかないが……」

　疑っていながらも、受け入れるふりをしたというエルハンスは、やはり抜け目のない人だ。愛想がよく、人懐《ひとなつ》っこい彼だけど、本当はとてもシビアなのだと改めて感じる。

「そもそも庭園へオリガの幼なじみの男を引き入れたのは、僕の差し金だった」

　エルハンスが語る事実に驚き、私は目を見開く。

　だが、よく考えると、不自然な点があった。

　まず、厳重に警備されている城の庭園に、部外者がやすやすと侵入できたことがおかしい。それも、エルハンスのシナリオ通りだったなら説明がつく。

「オリガの身元を洗っていた時、街でオリガを探している、幼なじみだという男がいると聞きつけた。そこで、わざと庭園へ侵入する抜け道を教えて、利用させてもらった。彼はそれまでも、祈りの塔付近をうろついていたことがあったみたいだ」

幼なじみの男は、エルハンスが思った通りの行動をした。

だからこそ、オリガと会うことができ、説得しようとしていたのだ。

「オリガにも罰《ばつ》を与えねばならない。彼女は聖女の名を騙《かた》り、国費を無駄遣いさせた。ギルバートの策に乗ったとはいえ、立派な共犯者だ」

確かに、エルハンスの意見は正しい。

でも、個人的な感情ではあるが、彼女のことは助けてほしいと思ってしまう。

私の悲痛な面持《おもも》ちを見たエルハンスが、腕を組んだ。

「僕としても、重い罰《ばつ》を与えるのは気が進まない。だが、聖女が出現したとお披露目《ひろめ》までしてしまった。――そこでだ」

エルハンスが真っ直ぐに私を見たので、思わず身構える。

「君が代わりに残りの期間、聖女となってくれないか？」

「私が？」

驚いて、つい大きな声を上げてしまった。

「エルハンス様、それは……!!」

私の側にいたリカルドがなにかを言いかけた。そこでエルハンスが視線を投げると、リカルドは続けて意見を述べる。

「サヤは一年という約束を果たしました。今の聖女が偽物だったからといって、サヤにその役目を再び押し付けるのは、あまりにも勝手すぎる意見だと感じます」

珍しくリカルドが声を荒らげている。きっと、私を想っての発言なのだ。

だけど、肝心の私の心には、意外な感情が湧き上がっていた。

また、聖女として祈りの塔で歌を歌えるの？

確かに歌うことは嫌いじゃないし、むしろ好きだ。

再び聖女に就任するといっても、以前の生活に戻るだけ。

でも、私は――

胸に浮かんだ感情を、自分の口から伝えるべきだ。だが、今は考えがうまくまとまらない。

「少し、考える時間をください」

「いいよ。よく考えてほしい」

あっさりと答えたエルハンスに、リカルドが別な話題を振る。

「エルハンス様、大事な話があります」

「どうしたの、リカルド。改まって」

不思議そうな顔をするエルハンスに向かって、リカルドは頭を下げたあと、ゆっくりと顔を上げた。その表情は、決意に満ちている。

「俺は、サヤを一人の女性として大切に想っています」

横で聞いていた私は、いきなりなにを言い出すのかと、目を見開いた。

エルハンスは腕を組み、興味深そうにリカルドを見つめている。

「だからエルハンス様とはいえ、譲る気はありません」

それは、リカルドの堂々とした宣戦布告だった。

「リカルド、お前……!!」

エルハンスは眉根を寄せて、厳しい顔を見せる。

だが次の瞬間、いきなり拍手を始めた。

「よく言った、リカルド」

満面の笑みを浮かべたエルハンスからの称賛に、私もリカルドもあっけにとられた。

「リカルドがこうやってはっきり口にするということは、その想いはサヤには伝えたのだろう?」

「彼女には昨夜、伝えました」

するとエルハンスは、さらに盛大な拍手をした。

「それはよかった、おめでとう!!」

もしかして、エルハンスが私に求婚したのは――

そこで私が勘付いたことに気づいてか、こちらへ視線を向けたエルハンスが、笑顔で言う。

「ごめんよ、サヤ。リカルドを焦らせたくて、試してみた」

おかしいと思っていたのだ。今までそんな素振りを見せたことがなかったのに、急に求婚するなんて、と。そもそも、お互い、恋愛としての好意はないと思っていたから、このエルハンスの発言に納得した。

「煮え切らない二人を応援する気持ちだったのさ」

首を傾げて笑うエルハンスは、まるでいたずらが成功した小さな子供のように見える。

本当に、彼は食えない性格をしている。

おかしいと思いつつも、真剣に悩んでいた私は、脱力するしかない。

リカルドも同じ気持ちだったようで、目を見開き固まっていた。

そんな中、エルハンスは両手を腰にあて、さらに爆弾発言をする。

「せっかくサヤをこの国に残すことに成功したのに、リカルドが告白しなくては意味がないだろう」

サラッと言われた言葉に、ん？　と思い顔を上げた。リカルドも訝《いぶか》しげな表情をしている。

「ああ、そうそう。帰還の儀式が失敗するように仕向けたのは僕だよ」

とても重要なことをあっさりと告白されて、固まる。

ゆっくりとエルハンスに顔を向けると、彼はいたずらっぽく舌を出した。

「あまりにもリカルドがぐずぐずしていたからさ。まずは二人を離す作戦をとったんだ。その方が、気持ちが固まると思って」

微笑むエルハンスを見て、森の賢者様の言葉を思い出す。

『失敗したとなれば、それは意図的なものだろう』

思わぬところで黒幕がわかり、ぽかんと口を開いた。

「ごめんね、サヤ」

自分から暴露したあとは、しっかりと謝罪するエルハンス。

「自分でもお節介だとわかっていたけれど、このままサヤを帰す訳にはいかないと思ったんだ。それこそ、君が帰ってしまったら、リカルドはずっと君を引きずったままだっただろう。生涯独身を貫《つらぬ》いていたかもしれない。だから、恨むなら僕を恨んでほしい。言い訳だと怒られても仕方がないけど、リカルドとうまくいかなかったら、もう一度帰還の儀式を行うことも考えていた。今度はきちんと帰してあげるよ。それで、サヤの気持ちはどう？」

問いかけられて、私は首を静かに横に振る。

「もう私は決めたから。リカルドの側にいるって」

「それはよかった」

「エルハンスは世話焼きなのね」

真相を聞かされた直後は驚愕《きょうがく》したけれど、今となれば、クスリと笑ってしまう。

「こう見えても心配していたんだ」

彼も、それだけ友人のリカルドを大切に想っているのだろう。

リカルドはなんとも言えないという面持《おもも》ちで、エルハンスをジッと見つめていた。

エルハンスの部屋からの帰り、リカルドと共に廊下を歩く。

「帰還の儀式の件、怒っていないのか？」

リカルドから不意に聞かれたので、正直に答えた。

「裏山に転がっていた時は、人生のどん底だと思った。けれど、今ではよかったと思えるから」

仮に、あのまま儀式が成功して帰っていたとしても、ずっと心残りだったと、冷静になった今ならば断言できる。

「この国に残ってよかった」

そう、ここにはリカルドがいるから。

素直な気持ちを告げると、彼は静かに微笑んだ。

「最初、街の教会の歌い手としてサヤの噂《うわさ》を聞いた時、まさかと思った。だが日増しに気になり、いてもたってもいられなくて、自分の目で確かめに行った。サヤの姿を見つけた時、夢かと思ったほどだ。側にいたくて、無理やり自分の屋敷にまで連れていって、悪かった。お前はもう聖女ではなく、自由だったというのに」

リカルドの謝罪を笑って受け止める。

「気にしないで」

私だって、教会でリカルドと再会した時は嬉しかった。

その気持ちを悟られてはいけないと、思わず逃げ出してしまったぐらい不器用だったけれど。

「サヤを屋敷へ連れていった時、城に報告すると言いながら、実は黙っていたんだ。城の皆にサヤがまだこの国にいることがばれるまでは、自由にさせてやろうと考えていた。……いや、本音は、サヤをひとりじめしたかった」

「リカルド」

彼が口にした気持ちは、本物だと思う。

リカルドが正直に告白してくれたから、私も自然と素直になれる。

「ううん。そう思ってくれて嬉しい」

照れながらも伝えると、リカルドが手をギュッと握ってきた。

彼の手の温もりを感じて、自然と笑顔になる。

そこで私は切り出した。

「あのね、私、聖女役を引き受けようかと思うの。オリガの代わりに」

祈りの歌を毎日捧げるのは、決して苦痛ではない。

だがリカルドの表情はどこか冴《さ》えない。

また一年、城に閉じこもる生活が続くのかと、心配してくれているのだろう。

私は、そっと微笑んで言葉を続けた。

「だけど、エルハンスには交渉しようと思う。だからリカルドにもお願いがあるの」

それから私は、自分の考えをリカルドに告げた。

最初は驚いた顔をしていたリカルドだけど、最後は『サヤが決めるといい』と言ってくれた。

そうよ、自分で選ばせてもらうわ。

私の人生だもの――


それからオリガとの面会を許されたので、会いに向かう。

彼女は三階の小さな角部屋を与えられ、処罰が決まるまで、そこで生活していた。

部屋の前に立っている兵士は、私とリカルドの姿を見ると一礼する。兵士はオリガの逃亡を防ぐ見張り役なのだろうと思うと、悲しくなった。

扉が開けられたので、入室する。オリガは窓辺に座り、外を眺めていた。

その顔色は、以前よりも白い。

私たちが入室してきたことは気づいているはずなのに、こちらを見ようとはしなかった。

真相が明るみに出たオリガは、今までのわがままな態度が嘘のように小さくなっていた。共犯者だったギルバートの失脚により、もう彼女を守る人はいない。

「オリガ……」

名を呼ぶと、彼女は静かに顔を上げ、私を見つめた。

「私のこと、愚かだと思っているでしょう?」

静かな口調で問われ、答えられずにいると、オリガが話し始めた。

「私の生まれは、山奥の小さくて閉鎖的な村。冬になると大雪に囲まれて、家族が一つの部屋に集まり、暖を取りながら毛布にくるまって寝るの。弟と妹の寝相が悪いから、よく蹴《け》られては、夜中に何度も目を覚ましたわ。寝る時だけじゃなく、毎日、小さな弟と妹の世話を手伝わされて、せまい家で家族と一緒。ケンカをしても自分の部屋なんてない生活に、ほとほと嫌気が差していた。『いつか誰かがこの暮らしから、救い出してくれるはず』って、そう思っていたの」

オリガは息を吐き出したあと、目を閉じた。

「ある日、村に来た行商に頼み込んで、街まで連れてきてもらった。両親は大反対していたから、半《なか》ば家出のような形で飛び出したわ。幼なじみからは、絶対に行くなと何度も止められたけれど、止められるほど頑固になった。そして街に来た時、周囲の景色に気を取られていたら、一台の馬車にあやうくひかれそうになったの。それがギルバート様との出会いよ。田舎《いなか》育ちで周囲に素性を知っている人間がいない私のことを、都合がいいと判断したのでしょうね。計画を持ちかけられた時は、願ってもない好機だと思ったわ」

そこまで語ったオリガは、グルッと周囲を見回した。

「だって見てよ、一人で眠ることができるベッドに、一人の私室。それに、ゆっくりと食べることができる食事。全てが夢かと思うほど幸せだった。まるで自分がお姫様になったような気さえしたの」

瞬《まばた》きをしたオリガはうつむいた。だがすぐに顔を上げ、続ける。

「だけど、日が経つにつれ、なにかが違うと思い始めたわ。美味《おい》しい食事を食べていても、妹や弟に食べさせてやりたくなったし、温かい毛布にくるまっていると、家族は今頃寒い思いをしていないだろうかと気になった。自分から捨てて出てきたくせにね。祈りの塔に上《のぼ》りたくないと突っぱねていたのは、怖気《おじけ》づいていたから。嘘をついている自分に、神様が罰《ばつ》を与えそうな気がして。……家族のもとに帰りたい気持ちが、あったのかもしれない」

声を震わせ、涙を流しながら話すオリガの言葉を、私は黙って聞いていた。

「今は、無性にあの村に帰りたいの。罪の償《つぐな》いを終えた時は、村に帰ろうと思う。夢の時間は過ぎ去ったわ。現実に戻る時よ」

「オリガ……」

「家族が待っていてくれるか、わからないけどね」

そう言って寂しげな顔で笑うオリガは、辛そうに見えた。

オリガに会ったら、聞きたいことがたくさんあった。だけど実際に会ってみると、かける言葉が見つからない。私が責めなくても、彼女は十分反省している。

突如、扉がノックされた。

続いて部屋に入ってきたのはエルハンスだった。

「オリガ。君への処罰が決まった」

背筋を伸ばし、真っ直ぐにオリガを見つめるエルハンス。オリガは肩を震わせたあと、返事をした。それはとても小さな声で、私にしか聞こえなかっただろう。

「オリガ・コスタ。齢《よわい》、十六。この城から永久に追放することとする」

そう口にしたエルハンスの口調は、ゆるぎない。

「我々を欺《あざむ》き、国民の信頼を裏切った罪は重い。本来なら国家反逆罪として死刑だ。一生、日が当たらない塔に幽閉する場合もある」

エルハンスの声は固く、聞いていて背筋がゾッとする。同時に、オリガはどうなるのだろうとハラハラしてしまう。私は震えそうになる手をギュッと握り、エルハンスの言葉を聞く。

「ここから北の方角に、険しい山に囲まれた集落がある。冬は極寒の地で、そこには街にあるような娯楽もなければ、外部の人間が訪れることも滅多にない」

オリガは驚いたように顔を上げ、目を見開いた。エルハンスの厳しい声が部屋に響く。

「オリガ。その村へ行き、生涯そこから出ることを禁止する」

そんな村へオリガ一人を追放するとなっては、彼女の身を案じてしまう。今後、一人で生活できるのだろうか。見知らぬ地で、のたれ死ぬことがないとは言い切れない。オリガが心配になり、私は息を呑んで彼女を見つめる。

全てを聞いたオリガは、唇をわななかせた。

そして目を閉じると、ゆっくりと頭を下げる。涙が頬を伝ったのが見えた。

「あ、ありがとうございます」

肩を震わせ、オリガは泣き崩れた。

その様子を見守っていると、リカルドが口を開く。

「追放先は、オリガの生まれ故郷だ」

今度は私が驚きで目を見開いた。

彼女は、村へ帰れるのだ。

オリガの涙は悲しみの涙ではなく、どうやら嬉しさや安堵の涙のようだ。

エルハンスに視線を向けると、彼は肩をすくめた。

「オリガはまだ成人していない。だからこそ、これぐらいの罪で済んだ」

この国では、十八歳で成人とみなされる。オリガはまだ十六歳だ。

「オリガ、君をまだ子供だと判断したからこその罰《ばつ》だ。十分恩赦《おんしゃ》を与えた。次はないと覚えておいてくれ」

オリガは号泣しながらも、うなずいた。

「二度とここへは戻らず、村で一生を終えるといい。あと、この件に関しては他言無用だ。親といえども事情を話すな。己の胸に秘め、反省するがいい。本来なら、首をはねられてもおかしくない状況だということを忘れるな」

厳しい口調のエルハンスは、明日出発する旨《むね》をオリガに告げると、部屋から出ていった。

私は涙を流し続けるオリガの側にいき、ハンカチを手渡す。

「これで涙を拭《ふ》いて」

そして、オリガが泣きやむまで、側についていた。

翌日、太陽が顔を出し、薄明るくなってきた頃、私は城の裏口にいた。

オリガの見送りだ。離れた場所ではリカルドも見守っていた。

たった二人だけの見送り。ひっそりとした旅立ちだった。

出発する彼女のために、馬車が用意されていた。王都の外れで降ろすそうだが、エルハンスの最後の気遣いだろう。

私の前に立ったオリガはローブを羽織《はお》り、深くフードを被っていたが、そっとそれを脱いだ。

「私はもう行くわ。サヤ、元気でね」

「オリガも元気で」

多分、もう一生会えないが、月並みな言葉しか思い浮かばない。すると、オリガがフッと微笑んだ。

「いろいろありがとう！　側にいてくれたのに、わがままばかりで困らせてごめんなさい」

その顔は、全てが吹っ切れたような表情だった。

「それでね、最後にサヤへお願いがあるの」

「いいわよ」

オリガのお願いとはなんだろう。最後なので可能な限り、聞いてやりたいと思う。

「エルハンス様から頂いた、エメットのポットを育ててほしいの」

「わかったわ」

即答すると、オリガはホッと笑顔を見せた。

「よかった。部屋の窓辺に置いてあるから」

「ええ」

そんな会話をしていると、街の広場から鐘の音が聞こえてきた。オリガが顔を上げる。

「もう行かないと」

そう言ったあと、彼女は目を閉じて深く深呼吸をした。そして私と向き合い、スッと手を差し出してくる。

「じゃあね、サヤ」

「ええ、オリガ」

その手をギュッと握りしめ、別れの挨拶《あいさつ》を交わす。これで本当に最後だと思うと、涙がにじみそうになってしまう。

オリガが馬車に乗り込むのを、私は静かに見つめていた。

馬車の窓からオリガの顔が見える。彼女が静かに頭を下げた直後、馬車がゆっくりと動き出した。

朝もやに包まれた中を、車輪の回る音だけが響く。

私は、馬車の姿が見えなくなるまで、その場で見送る。

リカルドが隣に立ち、肩にそっと手を回してくれた。肩から感じる彼の温かさに救われる。

そして馬車が見えなくなると、すぐにオリガに与えられていた部屋へ向かう。約束したエメットを引き取りにきたのだ。

扉を開け、窓辺に近寄ると、日の光を浴びているエメットがあった。

そのエメットは元気そうで、緑の葉が生き生きとしていた。きっとオリガは彼女なりに、一生懸命世話をしていたのだ。

ふと、エメットの側に一枚の便箋《びんせん》が置かれていることに気づく。

きっと私に宛《あ》てたメッセージだと思い、手にとった。

『サヤへ
サヤがこの手紙を読む頃には、もう私は出発していると思います。
私はちゃんと謝ることができるのか不安なので、手紙で残します。

最後まで迷惑をかけっぱなしでした。ごめんなさい。

エメットは、私じゃ花を咲かせることができなかったの。

だからお世話をよろしくお願いします。

今まで、優しくしてくれてありがとう。

生まれ育った村に帰ったら、私を止めに来てくれた幼なじみにもお礼を言うわ。

幼なじみはお人好しで、自分のことよりも他人のことを気にかける人で、サヤにすごく似ているの。だから私はサヤには甘えてしまったんだと思う。ごめんなさい。

あの村で、もう一度頑張ってみます。

じゃあね、本物の聖女様。

オリガより』

手紙を読み終えると、そっと閉じた。

「サヤの部屋にあるエメットとは、だいぶ違うな」

エメットのポットを見たリカルドが、そうつぶやく。

私の部屋にあるエメットは、すでにいくつも花を咲かせていた。だが、オリガから譲り受けたエメットはまだ葉っぱだけだ。つぼみもついていない。

「このエメットも、これから花を咲かせなければね」

そう、これからなのだ。

エメットも、オリガも。

オリガのこれから先の未来を、この花に祈ろう。

距離は離れていても、この花を通じて繋《つな》がっている気がした。

今後、どのような場所であろうとも、彼女も花を咲かせるように生きてくれればと願い、祈りの歌を贈ることを心に誓った。


今日は、街の教会で歌い手として参加する日だ。

私はいつもと同じ時間に、教会の扉を開いた。

「マルコ、お待たせ」

「あっ、サヤさん。おはようございます」

人が集まり始めた礼拝堂を、扉の陰からこっそりのぞき見る。

「まだ早い時間なのに、もうたくさん集まっている!!」

驚くと同時に嬉しくて、はしゃいだ声を出す。すると、マルコは朗《ほが》らかに笑う。

「そりゃあ、今日は七日に一度、サヤさんが歌い手として参加してくださる日ですから。たくさんの人々が集まりますよ」

「じゃあ、今日も頑張らないとね」

「はい。サヤさんの歌声は、一度聞いたらまた聞きたいと思わせる不思議な歌声だと評判です」

「そうかしら。ありがとう」

「でも、大丈夫なのですか？　リカルド様、あのような隅にいますけど」

そこでマルコは、礼拝堂の隅の壁に寄りかかるリカルドに視線を向けた。

「大丈夫よ」

彼は私が教会に来る際、必ず付き添ってくれる。

あのあと、私はオリガに代わって聖女を引き受けるとエルハンスに申し出た。

同時に、とある条件を出したのだ。

それは、『何日かに一度は教会で歌いたい』ということだった。

人々と直接触れ合って、彼らの幸せを願い、歌に祈りを込めて届けたいと思ったのだ。

エルハンスは了承してくれた。

だから私は、七日に一度は教会で歌を歌い、残りの六日は祈りの塔で歌う。もちろん、祈りの塔でも人々の幸せを願い、歌に祈りを込めることは忘れない。

祈りの塔で歌うことも好きだけど、誰かに聞いてもらうのにも、違った楽しみがある。

聞く人が喜んでくれるのなら、私も幸せを感じられる。

「城に住まわれている聖女様も、今頃歌っていらっしゃるのでしょうか」

マルコの言葉にドキッとしながらも、笑って答えた。

「そうね、聖女様も歌っていると思うわ。幸せそうにね」

エピローグ

教会からの帰り道、馬車が動き出してしばらく経ったところで、リカルドに声をかけられた。

「少し、寄り道をしていかないか」

「ええ、いいわよ」

リカルドが誘ってくるなんて珍しい。そう思いながらも、素直に従う。

やがてたどり着いたのは、リカルドの屋敷だった。

馬車から降りると、玄関の扉が開かれる。

そこには大勢の使用人たちが並び、リカルドを出迎えていた。まるで、あらかじめ準備して待っていたようだ。

「お帰りなさい、リカルド様、サヤ様!!」

最初に大きな声を出したのは、シェルだった。

「シェル!!」

久々の再会を喜び、思わず彼女に駆け寄った。

シェルも大きな目を見開き、興奮している。

「お帰りなさい、サヤ様!!」

「久しぶりね、シェル」

城に移り住む直前はバタバタしていたので、シェルにもきちんと別れの挨拶《あいさつ》ができていなかったことを素直に謝罪する。

「ごめんなさいね。よくしてくれたのにお別れの挨拶《あいさつ》もできなくて」

「とんでもございません！　お元気そうでなによりです」

シェルは気にしてない様子で微笑んでくれた。

「これからまた、精一杯サヤ様に仕えますね!!」

その言葉を不思議に思って首を傾げた時、リカルドが私を呼ぶ。

「少し、話さないか」

「ええ」

改まった口調で言われ、うなずいた。

リカルドは私を伴い、そのまま庭園へと移動した。前を歩く彼は早足だ。

なにをそんなに急ぐ必要があるのだろうか。

「待って、速いわ」

やがて、リカルドがピタリと立ち止まる。

そしてこちらを振り返った。

「ああ、すまない」

リカルドは緊張した面持《おもも》ちで謝罪する。

「二人で話したかったんだ」

これからなにを言われるのかと思うと、こっちまで緊張してきた。

リカルドと真正面から向き合うと、彼は静かに口を開く。

「この屋敷に一緒に住んでほしい」

真剣な表情のリカルドの言葉を聞き、驚いた。

「で、でも、祈りの塔へは？」

この屋敷に住むということは、城から離れるということだ。聖女が祈りの塔へ通う習わしは、どうなるのだろう。

「毎日送迎する」

「だけど、それは大変じゃない」

毎日の送迎では、リカルドの負担が大きくなる。そう考えると、城に住んでいた方が、なにかと楽な気がした。

思ったままを伝えると、リカルドはため息をつく。

「わかっていないな」

「なんのこと？」

呆れ顔の彼に、首を傾げた。

すると、リカルドが意を決したように口を開く。

「結婚してほしい。そして一緒に住んでほしい」

「えっ……」

直球のプロポーズを受け、ぽかんと口を開けた。

リカルドは私の返答を待っている間、緊張した面持《おもも》ちでこちらを見つめている。

その視線を受けて、徐々に熱くなる頬に、速くなる鼓動。

「ずっと側にいてくれ」

微笑みながら目を細め、リカルドがそっと私の頬に触れてくる。

胸の奥からあふれ出したのは歓喜だが、不安に感じるところもあった。

「せ、聖女が結婚してもいいの？」

「ダメだという決まりはない」

きっぱりと言い切ったリカルドの口調に、思わず笑う。

「リカルドって、案外強引なのね」

「ああ。自分でもそう思う。だが、サヤ限定だ」

真面目な顔で否定しないリカルドに、噴き出してしまった。

「サヤがまた、帰還の儀式を行いたいと言い出すかと思うと、不安だからだ」

突如、自信のない表情に変わるリカルド。

この人が弱みを見せたことを意外に思うも、それがどこか嬉しかったりもする。

「大丈夫よ、リカルド。ずっと側にいる」

もう、この世界に残ると決めたのだ。

当てつけのように帰還の儀式を望んだり、リカルドを試してみたりしない。

すると、リカルドが優しく抱きしめてくれて、耳元でささやかれた。

「それに、知っているか？」

「なにを？」

「俺はサヤが祈りの塔で歌っている間、ずっと塔の下で歌声を聞いていたんだ」

「そうなの？」

初耳だ。言ってくれたらよかったのに。

「サヤの歌声を聞くと、とても癒《いや》された。だから、永遠に側で歌ってくれないか？　俺のために」

ギュッと抱きしめられ、真剣な想いを語られる。

心臓がドキドキする中、顔を上げて彼の目を見つめた。

「ええ、ずっと側で歌い続けるわ」

決意した瞬間、いっそう強い力で抱きしめられる。

リカルドの背中にそっと腕を回して、私も抱きしめ返す。

ゆっくり顔を上げると、リカルドと視線が絡み合う。優しく微笑んだあと、近づいてくるリカルドの唇。

私は目を閉じて、柔らかな口づけをそっと受け止めた。

これから先も、私はこの世界で祈りを捧げよう。

聖女として、人々には祈りの歌を。

そして一人の女性として、リカルドには愛の歌を贈り続けることを誓ったのだった。

書き下ろし番外編

リカルドの想い

ふと顔を上げると太陽の光が目に入り、顔をしかめた。

日差しが強いので教会はさぞ暑いだろう。そんな中、大勢の人前で歌い続けて、体調を崩さねばよいが——

サヤは定期的に教会で祈りの歌を捧げている。そろそろ終わる時刻なので、迎えに行くところだ。

彼女が歌う日、教会は満員になると聞く。

ここら辺は治安もよいが、それでも必ず送迎していた。

「大丈夫だから」

毎回そう言って苦笑するサヤ。自分でも過保護だと思ってはいるが、ここは譲らない。

教会へ向かう馬車の中で、今までのことに思いを馳せ、そっと瞼《まぶた》を閉じた。

サヤを初めて見た時、脅《おび》えたように小さくなっていた。うつむき、その表情は暗かった。だが無理もないだろう。目覚めたら、いきなり別の世界にいるのだから。聖女が出現したと周囲が色めきたつ中で、俺だけはやけに冷静にサヤを見ていた。

最初は憐《あわ》れむ気持ちがなかったといえば嘘になる。

「護衛役を、君にお願いしたいと思っているんだ」

エルハンス様の申し出を、ただの任務だと思っていた。そう、最初のうちは——

サヤは不安げな表情を浮かべていたが、この世界のしきたりを覚え、そして聖女としての任務をこなそうと努力していた。

それは、はたで見ているこっちが痛いぐらい必死だった。没頭することで元の世界のことを考えないようにしていたのだろうか。

だがある時、静まり返った空間で彼女はポツリとつぶやいた。

「聖女なんてやりたくない」

紛《まぎ》れもない本音だろう。ふと顔を向けると、そこには大粒の涙をポロポロと流す彼女がいた。

「なんで、なんで私なの」

肩を震わせ、声を我慢せずに泣く彼女を見守るしかなかった。

手をそっと伸ばし、抱きしめたい衝動に駆られたが、グッと押しとどまる。

「好きなだけ泣くといい」

そう、泣きたい時は泣いた方がいい。それで気持ちが楽になるなら。

感情を押し殺し、無理に笑みを浮かべて見せる姿は痛々しい。

願わくば泣くのは、俺が側にいる時だけにしてほしい——

必死に聖女の歌を覚えようと努力していたり、そして時折、なにかを堪《こら》えるように唇を噛みしめている我慢強い姿。

見守る内に俺の中で、任務以外の感情が芽生えたことを認めざるを得ない。

無事に聖女として一年務め上げ、その役目から解放され、自由になれる時がきた。

当初は元の世界に帰ると言っていたが、話を聞くとすでに肉親は他界しているようだ。

この国に残るのなら、聖女であった功績としてその生活の安泰《あんたい》は約束される。

サヤは、きっとこの国に残るだろう。

そうたかをくくっていたのが甘かったと、いずれ知ることになる。

それはサヤがエルハンス様に呼ばれ、聖女としての報酬を聞かれた時のこと。

サヤは一度うつむいたあと、真っ直ぐに顔を上げた。そして口を開いた。

「元の世界に帰りたいと思います」

彼女の瞳から意志の強さを感じとり、思わず息を呑んだ。

「そう……。君が決めたことなら仕方ないけど」

エルハンス様がなにかを言いたげに視線をチラリと自分に向けた。だが肝心のサヤは、その瞳に俺を映すことはなかった。

唇を固く噛みしめた様子から、この世界に未練はないのだと思い知らされた。

――俺は、ただの護衛役にしか思われていないのだ。

近くにいられることを、幸せだと思っていたのは自分だけだった。

叩きつけられた現実に手を強く握りしめた。

もし俺が気持ちを伝えたのなら、帰らないでくれるのだろうか。

いや、でもサヤの幸せを願うのなら、望みを優先するべきだ。

相反する感情が自身の中でせめぎ合う。

答えが出ず苦悩していると、帰郷の儀式の日はあっと言う間にやってきた。

どんな言葉をかけるべきか悩む自分の側に、サヤは近寄ってきた。

「リカルドもありがとう」

礼を口にするサヤを前に、黙ってうなずくことしかできなかった。

口を開けば自分の感情のおもむくまま、儀式を中断させてしまっただろう。

サヤの幸せを望むのなら、このまま見送るのが最善なのだと自分に言い聞かせる。

魔法陣の中心にサヤが立ち、魔術師たちが口々に呪文を唱え始める。薄く霞みがかったようにサヤの姿が透け始める。

ああ、サヤがいなくなってしまう。

そしてもう——二度と会うことはないのだ。

実感すると胸の奥が苦しくなり、立っていることすら苦痛に感じる。

消えゆくサヤはこちらを真っ直ぐに見つめ、最後にフッと笑みを浮かべると、静かに消えていった。

姿が消えた途端、体から力が抜けた。それまで張りつめていた緊張が解けたのだろうか。しばらく動くことができなかった。一人、また一人とこの場から去っていく中で、ただサヤの消えた跡を眺めていた。

「大丈夫かい、リカルド」

見かねたエルハンス様が肩を叩き、顔をのぞき込んできた。

長い付き合いであるエルハンス様は、自分の様子がおかしいと気づいていたのだろう。

「サヤ、帰ってしまったねぇ」

「ええ」

動揺をひた隠し、淡々と返答すると、エルハンス様は肩をすくめた。

「リカルドも寂しいだろう？」

「寂しい……のでしょうか」

思わず聞き返してしまったが、そんな一言では言い表せなかった。

「ああ、あれだけサヤと親密になったじゃないか。僕としてもサヤを妹のように思っていたから明日から寂しくなるな。それにサヤは帰ると決めたけど、てっきりリカルドが引きとめてくれるものだと、勝手に期待していたよ」

エルハンス様からかけられた言葉に、目を見開いた。

「引きとめて……よかったのですか？」

すると今度、驚きに目を見開いたのは、エルハンス様の方だった。

「……もしかしてサヤに引きとめる言葉の一つもかけてないわけ？」

エルハンス様の声のトーンが一段低くなった。

「帰郷は彼女の一番の望みかと」

はっきりと言い切ると、エルハンス様は大げさなぐらい深いため息をついた。

「そんなことだろうと思ったよ。なに、リカルドはサヤのことをどう思っているのさ」

ずけずけと直球で聞いてくるところがエルハンス様らしい。

「とても大事な存在です」

「ならなんでこの儀式を中断させなかった？　いくらでもできたはずだ」

珍しく声を荒らげるエルハンス様に驚きながらも、なにも言えなかった。

「本当にリカルド、君って奴は寡黙《かもく》で真面目だな。だが不器用だ。案外サヤは待っていたのかもしれないじゃないか。リカルドが引きとめてくれるのを」

エルハンス様から思いもよらないことを言われ、思考が停止する。

待っていた？　サヤが？　もし自分が帰らないでほしいと伝えたのなら、彼女は踏みとどまってくれたのだろうか。そして側にいてほしいと告白したのなら、その願いは叶えられたのだろうか。

「もうサヤは帰ってしまったけど」

ポツリとつぶやいたエルハンス様と共に、視線を床に向ける。そこには魔法陣だけが残されていた。

「リカルド、君が奥手すぎることがわかったよ。もしもだよ、仮にサヤに会えたらどうする？」

グッと言葉に詰まったが、静かに息を吐き出した。

「今度こそ、気持ちを伝えてみようと思います」

「そうだね、そうするといいよ」

エルハンス様は意味深な言葉を残すと、なぜか機嫌よく、その場を去った。

その後、サヤのことを思い出しては後悔の念に駆られる日々を過ごしていると、妙な噂《うわさ》を耳にした。

黒髪の女性が教会で新しい歌い手になり、そして驚くほど歌がうまいと。

もしやと思い、訪ねた教会で、サヤの姿を見た時は夢かと思った。

混乱したせいか、走って逃げるサヤの手首をようやっと捕まえた時、その温かさに安堵した。

この温もりをもう離さない、今度は自分に正直になろうと誓う。

例えサヤが誰を想っていたとしても――

教会脇の小道に馬車がたどり着くと、ちょうどサヤが扉を開けて出てきたところだった。

「リカルド」

優しく微笑みながら、こちらに手を振る姿にフッと笑みがこぼれる。

「さっき終わったところなの。いつもお迎えありがとう」

「ああ」

手を差し出すと、そっと重ねてくるサヤの手をもう二度と離すことはないだろう。

「どうしたの。なにかいいことでもあった？」

自然と笑みが浮かんでいた俺の顔をのぞき込んでくるサヤ。

「サヤが隣にいてくれるから、幸せを感じている」

ただ正直に伝えただけなのに、サヤは一瞬にして顔が真っ赤になった。

「もう、リカルドはいきなりなにを言っているの？」

「思ったことを伝えたまでだが」

ケロッと伝えるとサヤは首まで赤くなり、モゴモゴと口ごもった。

そう、想いを伝えることができず、離れ離れになるのは二度とごめんだ。

だからこそ、これから先は言葉で伝えていこうと思う。

その時、教会の扉が開き、マルコが顔を出した。

「あっ、リカルド様、こんにちは」

ペコリと頭を下げたあと、サヤを見た。

「あれ、どうしましたサヤさん、顔が赤いですよ」

指摘されたサヤは唇をグッと噛みしめた。

「きっ、気のせいよ‼」

その声の大きさに俺とマルコは顔を見合わせると、青空の下、笑い声が響いた。

新＊感＊覚ファンタジー！

Regina レジーナブックス

シナリオなど知りませんわ！

清純派令嬢として
転生したけれど、
好きに生きると決めました

夏目みや
イラスト：封宝
定価：1320円（10% 税込）

気が付いた瞬間、とある乙女ゲームのヒロインになっていたあかり。これは夢だと美少女生活を楽しもうとするも、攻略対象のウザさやしがらみにうんざり……しかも元の自分は死に、この世界に転生していたことを思い出す。夢ならともかく、現実ならばヒロインらしく振る舞ってなどいられない！　かくして彼女は自らの大改造を決めて――

詳しくは公式サイトにてご確認ください
https://www.regina-books.com/

携帯サイトはこちらから！

本書は、2018年2月当社より単行本として刊行されたものに書き下ろしを加えて文庫化したものです。


この作品に対する皆様のご意見・ご感想をお待ちしております。

おハガキ・お手紙は以下の宛先にお送りください。

【宛先】

〒150-6008 東京都渋谷区恵比寿4-20-3 恵比寿ｶﾞｰﾃﾞﾝﾌﾟﾚｲｽﾀﾜｰ 8F
（株）アルファポリス　書籍感想係

メールフォームでのご意見・ご感想は右のＱＲコードから、
あるいは以下のワードで検索をかけてください。

アルファポリス　書籍の感想　検索

ご感想はこちらから

RB

レジーナ文庫

転《ころ》がり落《お》ちた聖女《せいじょ》

夏目《なつめ》みや

2021年6月20日初版発行

文庫編集－斧木悠子・篠木歩
編集長－太田鉄平
発行者－梶本雄介
発行所－株式会社アルファポリス
〒150-6008 東京都渋谷区恵比寿4-20-3 恵比寿ｶﾞｰﾃﾞﾝﾌﾟﾚｲｽﾀﾜｰ8階
TEL 03-6277-1601（営業）　03-6277-1602（編集）
URL https://www.alphapolis.co.jp/
発売元－株式会社星雲社（共同出版社・流通責任出版社）
〒112-0005 東京都文京区水道1-3-30
TEL 03-3868-3275
装丁・本文イラスト－なな
装丁デザイン－ansyyqdesign
印刷－中央精版印刷株式会社

価格はカバーに表示されてあります。

落丁乱丁の場合はアルファポリスまでご連絡ください。

送料は小社負担でお取り替えします。


ISBN978-4-434-28980-4 C0193